잔잔하게
그러나
단단하게


정영욱


작가 고유의 글맛을 살리기 위해 한글 맞춤법에
맞지 않는 일부 표현은 수정하지 않았습니다.

아주 힘든 일이 있어도 묵묵한 파도처럼 쉽게 몰아치지 않는, 넙데데한 눈밭을 지나 잘 보이지 않는 구석에 그려진 하트 모양처럼 소란스럽지 않게 사랑할 줄 아는. 별다른 노력 없이 넘길 수 있지만 좋은 내용이 빼곡해서 오랜 시선이 머무는 종이책 같은. 그런 사람이 되고 싶다. 언젠가 아픔과 비루함을 와다다 쏟아 내며 비참하다고 투정 부리고 있었을 때, 그런 쓰린 기억마저 덤덤히 말하는 사람이 더 애틋해서 안아 주고 싶다던 누군가의 말을 떠올리며.

난 언제나 조용하고 깊은 사람으로서의 담백함이 부러웠다. 파도에 빠지듯 안아 주고 싶은 사람. 나와는 가까운 듯 거리가 먼.

보기엔 잔잔하지만 마음은 단단한 사람이라서, 곁에 둠이 든든한. 공포 영화에 잔뜩 겁먹은 나에게 해 주는 다 영화일 뿐이라는 어머니의 조용한 토닥거림같이, 조용하지만 나를 꽉 잡아주는. 아무런 가사가 없지만 숨은 이야기까지 떠올려지는 여린 연주곡같이, 별말 없이 감정을 전할 수 있는. 깊은 새벽에 불면을 재워 주는 초침 소리같이, 백색처럼 묻힐 것 같지만 소음처럼 뚜렷한.

나와 당신이 그렇게 잔잔하지만 단단한 삶으로 나아가기를 바라며. 우리가 써 내는 이야기와 읽힐 이야기들이 그런 문장이기를 바라며.

잔잔하게 그러나 단단하게.

# 목차

2.
무언갈
곁에 둠이
　　섬세한 사람들

# 3.
## 사랑받으며
### 사랑하기

# 4.

## 그 걱정
## 잠시만
### 멈추셔라

당신에게는　　　　　　각자의 때가 있다.　　　　　않아도

누구나　　　　　사실이지　선뜻　　　못　　이유는

노력　티나자 않　　　나를　　　괴롬　때문

우리가 할 수　　　　마법도,　　　억지로 기회를

때를　　　인생　　하차

단지　　　때가 있다는　　　되새기　꾸준히

되새겨 주겠다.　　　정말 그렇다.　　　꽃도

일 년을　죽어있다.　　　땅속에서　　　숨을　　　살아 있는

때가 있음　기어코　　　아직　　　앉았다는 것까지도.

그러니　잘 살고 있는 것이다

천천히게 그러나 단단하게

## 마음의 창

　　　　스스로 창문 뒤로 숨은 건데 세상에 홀로 남겨진 기분이 들 때가 있다. 관계의 이어짐이나 사랑의 연속됨이나 삶의 정체됨이 지긋지긋하고 무서워 자신만의 창을 닫아 두고 마음을 숨기고 싶은 사람들. 난 그런 사람들의 숨어짐을 응원한다. 허나 너무 오래 머물지는 마서라. 그 창 앞에서 오랜 시간 기다리고 있는 사람, 마음의 창을 활짝 열어 줄 때를 기다리는 사람이 있을 거라고. 오랜 우울에서 나오라며 손 내밀어 주는 구원과 같은 사람이 분명 있을 거라고. 그러니 너무 오래 숨어 있지만 마서라. 스스로 자신을 숨기며 모두가 당신을 외면한다는 상상 속의 믿음에 너무 오래 머물지만 마서라. 마음의 창은 빈틈없이 닫아도 투명한 유리임을, 잊지 마서라.

난 긴 시간을 인내한다고 그 상처가 아문다거
나 힘듦이 지나간다거나 하는 말들을 믿지 않는다. 여전히
나를 베어 버린 말과 행동들은 내 맘을 갈라놓을 것이며,
그 힘듦, 그대로 힘들 것이다. 그러나 믿는 것이 있다면 그
숱한 부정들을 인고한 시간만큼 나는 단단해지고 나아가게
된다는 것이다. 아물지 않지만, 그 상처가 별거 아니게 되는
만큼 내 마음이 크고 넓어지는 거다. 지나가지 않지만, 한
걸음 두 걸음 성큼성큼 지나치는 거다. 믿는다. 시간이 해결
해 주는 것이 아니며, 부정의 순간이 나를 비껴간 것도 아니
라고. 내가 견뎌 낸 거라, 그리고 버텨 낸 거라.

다 말하지 않아도 내 당신의 힘듦을 안다. 그렇게 믿고
꾸준히 나아만 가서라.

누구보다 열심히 보낸 하루 끝에

조용히 눈물 훔치는 당신에게

그 눈물, 누구보다가 아닌,

지금의 당신보다

더 행복에 가까운 사람으로 이끌어 줄

값진 눈물이기를 바라며

추신. 우린 기필코 살아 낼 것을 알기에

## 단단하고 담백한 삶으로

삶을 영위하는 수단이 과거의 아름다움이 아니라 앞으로 놓인 시간의 기대감이 되는 것. 마음을 다부지게 가꾸어 가는 방법이 타인에게 얻는 지지가 아니라 스스로에게 건네준 응원과 질타가 되는 것. 마음을 분출하는 정도가 감정의 기복만큼이 아니라 향해 있는 마음의 깊이 만큼인 것.

단단하고 담백한 삶으로 향하고 싶다. 지난 일들에 연연하지 않되, 과거로부터 미래를 배워 갈 수 있는 것. 주변의 시선으로 나의 결핍을 채우는 것이 아니라, 나 스스로 나의 결핍을 채워 줄 수 있는 삶. 건네는 다정이라거나 미움이라거나 하는 것들이 순간의 이기심이 아닌, 마음 깊은 곳으로부터 우러나올 수 있는 정직함.

때론 돌아가는 것 같지만, 그것이 가장 빠르고 바른길임을 마음으로 알게 된다. 무엇이든 쉽게 할 수 있는 것들은 나의 삶을 오랫동안 영위할 수 없게 하는 수단임을 이제는 안다. 그렇게 하기 쉬운 것만 좇기보단, 쉽게 할 수 있음에도 그렇게 하지 않도록 노력하는 것. 나를 좀 더 좋은 사람으로 가꾸어 나가는 방법. 그로 인하여 더 좋은 사람들을 경험하고, 해로운 것을 내 삶 안에서 걷어 내는 것. 단단하고도 담백한 삶일 것이다.

뭐든 쉽게 할 수 있는 것들은, 나의 삶을 담백하게 만들어 주지 않는다. 누구나 쉽게 할 수 있는 것을 행함은, 결코 단단함과는 거리가 멀다.

## 모서리가 없는 사람들

작은 것엔 딱히 예민하지 않고 모서리가 없어서, 착하다거나 참고 살지 좀 말라는 말을 자주 듣고 사는 사람들만큼 강한 사람들이 없다. 자신만의 기준이 명확하나, 기준선 안의 세상은 이토록이나 온화하고 명확하지 않은 사람들. 재고 따지는 것을 다른 이들처럼 할 줄 알지만, 굳이 하지 않아도 인생의 계산을 다른 곳에서 채울 줄 아는 사람들. 깊은 마음이 때론 한없어서 선뜻 떼어 줌이 가능한 사람들. 그러나, 그것을 당연히 여기는 사람에게는 한순간 등 돌릴 수도 있는, 관계에 있어 키를 쥔 사람들이다. 이젠 안다. 둥글어 보이는 사람과 뭉툭해 보이는 사람만큼 칼을 쥐고 있는 사람이 없다는 것을. 성숙하지 못할 때야 쉽게 이용해도 될 것 같고 막 대해도 될 것 같았지만 삶을 기어코 겪어 낸 요령 있는 사람들은 안다. 그런 둥근 사람들이 나를 가장 무너뜨리기 쉬운 사람들이며, 그들의 마음을 가볍게 대하면 안 된다는 것을.

그러니 이토록 한결같이 뭉툭한 사람아. 곁의 소중한 이들이 당신의 그 무한할 것같이 넓은 마음과, 모서리가 없는 언어와, 다정한 손짓이 얼마큼의 가치가 있는가를 알 것이다. 때론 배신도 당했을 것이고, 아픈 상처를 껴안고 가는 성격 같다만, 안다. 그럼에도 한결같이 묵묵함을 보여 주는 당신 곁에 얼마큼 깊은 지지자들이 있는지를. 또 당신의 삶이 얼마큼 소중한 이들을 지지하고 있는지를.

작은 것에 만족할 줄 알지만 그것에만 머무르지 않는 사람. 사랑을 주고받는 것에 대담히 아파할 수는 있으나 자신을 포기하면서까지 타인의 손을 잡으려 하지 않는 사람. 안녕, 말하고 깔끔히 뒤돌아설 줄 아는 사람. 하고 싶은 것들을 골라 하며 한량 아닌 한량 같은 삶을 살지만 눈앞의 기회는 어떻게 해서든 놓치지 않는 집요한 사람. 비 온 뒤 갠 하늘을 보며 날이 맑구나 생각하기보단 비가 왔었구나 하며 지난 흐림을 기억할 줄 아는 사람. 거미줄처럼 이어진 관계 속에서 살아남으려고 발버둥치지 않는 사람. 그런 사람이 되었으면 한다.

## 그러기 위해 그러는 것은 없다

언젠가 '그러기 위해 그러는 것은 없다.'라는 문장을 쓰고 내가 지지하는 삶을 한 문장으로 표현했다는 기쁨에 헤헤거렸다. 먹히기 위해 자라는 것은 없다. 지기 위해 싸우는 생물은 없다. 맛없기 위해 요리되는 것은 없다. 퇴보하기 위해 달리는 것은 없다. 고장 나기 위해 만들어지는 것은 없으며, 끊어지기 위해 이어지는 것도 없다. 그 결과는 때론 그렇지 않더라도, 그러기 위해 그러는 것은 없다는 것이 나를 조금의 안도함으로 이끌어 주었다. 이러한 안식의 문장을 외면한 채 우리는 왜 숱한 고민과 걱정을 놓지 못해 괴로워하고 있을까. 자책하고 있을까. 후회하고 있을까. 도태되기 위한 고민은 없음을. 무너지기 위한 걱정 또한 없음을. 이 모든 것은 나아가기 위한 연료일 뿐임을. 그 결과는 때론 그렇지 않더라도, 그러기 위해 그러는 것은 없다는 걸 믿으며 나아가야지. 그것을 마음 깊이 알아줌으로 인해 나의 삶이 좋아지기 위해 좋아질 것임을. 우리 숱한 고민과 걱정은, 기어코 일어서서 나아가기 위한 과정일 뿐임을 믿고.

그러니 그 힘듦, 분명 잘되고 있는 것이다. 그 고민과 걱정, 잘 살고 있는 것이다. 바닥에 엎드려서라도 기필코, 잘 기어가고 있는 것이다.

인생을 즐겁게

즐거운 삶이기를 바란다.

꺄르르 재미있고 하하 호호 웃는 것이 아니라, 즐거운 삶.

즐겁다는 것이 반드시 콧노래가 나도 모르게 새어 나오는 것만을 의미하는 건 아니다. 삶에 가득한 역경이나 새벽을 유영하는 충동적인 감정들 속에서도 부정에 지배당하지 않고 굳건한 것. 나에게 온 시련을 나아감의 수단으로 이용하며 즐길 수 있는 것. 그립거나 우울한 마음을 이기지 못해 무너지는 것이 아니라, 더욱 슬픈 노래를 들으며 그 감정을 음미할 줄 아는 것. 그리고 먹구름이 조금 갠 아침을 맞이하는 것. 인생이란 폭풍우가 지나가기만을 기다리는 것이 아니라, 빗속에서 춤추는 법을 배우는 것이라 그랬다. 나를 무너뜨리기 쉬운 그 어떤 것을 피하지 않고 대면하며, 나름의 방법을 찾아가는 것. 그런 의미에서의 즐거움이 나의 삶에 가득하기를 바란다. 행복은 둘째치고 그저 무탈하기만을 바랐던 나에게, 새로운 다짐이 하나 생기는 것 또한 얼마나 즐거운 일인가.

　"인생을 좀 더 즐겁게 살아갈 것."

## 충실히 도망가고 외면해도 된다

마음이 아무리 건강한 사람이라도, 누군가를 만나서 받는 상처로 인해 큰 아픔을 가지고 살 때가 있다. 사랑을 좀처럼 마음에 두지 못하는 병이 생기는 시기가 있다. 그럴 땐 사랑을 믿으려 노력하기보다, 잠시만이라도 도망가고 회피하고 방어하고 싶은 마음에 충실히 따라도 된다. 구태여 마음을 믿고 사랑을 하려 하지 않아도 된다. 그러나 그럼에도 다가오는 사람이 있을 것이다. 자꾸 등 돌려도 뒤돌아보게 만드는 사람. 끊어진 것 같다가도 작은 힘줄이 남아 계속 이어지는 그런 사람. 나는 그런 사람을, '사랑을 믿게 만드는 사람'이라 말한다. 믿게 만들어 주는 사람. 그 어느 외면 속에도 굳건히 한자리에서 기다려 주는 은행나무 같은 사람. 잠시 도피한 여행에서는 어떤 아름다움이 있었느냐 웃으며 물어 주는 깊고 넓은 사람. 꼭 있을 것이다. 당신의 고장남을 이해해 주고 보살필 줄 아는 그런 따뜻한 사람이. 그러니 마음의 고장을 인정하고 그대로 행동해도 된다. 그게 고장난 마음에 있어 가장 옳은 수리법이다. 누군가에게 나쁜 사람이 되는 것을 겁내지 말고.

"나의 마음에 충실할 것."

## 마음의 방이 지저분할 때

여유가 있어야 한다. 여유가 없으면 사람이 예민해지고 그 예민함은 곧 주변을 악하게 대하게 하며 그 악함이 곧 약함을 초래하는 것임을. 쉴 틈 하나 없이 나를 몰아붙이는 것은 좋지 못한 습관임을 이젠 안다. 지저분한 단어와 문장으로 가득한 마음을 청소하는 시간을 두어야 한다. 힘들겠지. 벅차겠지. 궁지에 몰렸겠지. 아이러니하게도 그럴수록 꼭 여유 있어야 한다. 매사에 완벽주의적인 마음을 갖는 것은 삶을 완벽과는 거리가 멀게 만드는 것이니.

마음에 방 한 칸을 내어 주는 담대함이 외려 삶의 완벽을 입증하는 것임을. 부디 일이 꼬일수록 나에게 너그러워질 수 있는 용기가 있기를. 삶과 관계와 나의 중간점을 유지하려는 마음 정리가, 무너지지 않는 삶을 오래 영위하는 비법 아닐까. 가둬 두려고 하는 집착보다, 버리려는 용기가 지지 않는 삶의 비결 아닐까.

　지저분한 마음을 안고 무던히 살아가느라 애쓴 청춘들
에게.

신이 있다면

지나간 미련은

그때 그곳에 남겨 둘 수 있는 용기를 주세요

지금의 후회까지 데려오지 않도록

## 내가 살아 내야 한다는 외로움

삶을 살아갈수록 혼자라고 생각되는 것은, 정말 혼자가 된 것이 아니라 나 자신을 알아가는 과정에 서 있는 것이다. 갓 태어난 아기는 엄마의 도움 없인 금방 굶어 죽지만, 자라난 아이는 스스로 먹을 것을 찾아 굶어 죽진 않는 것처럼. 선생님 없인 책을 들여다보지 않던 꼬마는, 청년이 되어 스스로 책을 펼쳐 세상을 알아 갈 수 있는 것처럼. 아무도 나를 돕지 않는다는 것을, 삶은 결국 스스로가 스스로를 도우며 살아가는 것이라는 걸 깨닫게 되면서. 그렇게 주변의 지지를 떨쳐 내는 과정에서 혼자가 되는 기분이 드는 것이다. 그 위로도 응원도 나의 우울을 해결해 주지 못함을, 결국 내가 씹어 먹어야 할 감정이라는 것을 이해하게 되면서. 격려는 격려 그뿐인 거라, 결국은 스스로가 성취해야 하는 것임을 부딪치며 배우게 되면서. 그렇게 혼자가 된 것 같은 감정을 느낀다.

당신은 정말 혼자가 아니다. 단지 삶을 잘 알게 되어서 내가 해내야 한다는 것을 마음 깊이 이해한 것뿐이다. 누구도 당신을 외면하지 않았고, 세상도 당신을 버리지 않았다. 이 새벽에 혼자라는 기분이 문득 찾아오는 건, 자신 말고 누구도 대신 살아 줄 수 없다는 걸 인정하기 싫음에도 억지로 알게 되는 과정인 거라.

부디, 기필코. 삶은 남이 대신 살아 주지 못하는 것이기에, 내가 나를 살아 내기를 바라며.

"젊은이에게 맡기기엔 청춘이 너무 아깝다는 말을 어디선가 봤어. 우리의 청춘이 인생의 끝에 존재한다면 어떨까?"

"청초했던 순간보다 더 청초한 순간이 삶의 끝에 또 존재한다면…"

"…"

"여름이 두 번이나 있는 거잖아, 지겹다."

우리, 바람과 파도처럼 살아 내야 한다

되돌아갈 곳이 없는 그러나 계속되는

부는 것과 치는 것처럼

삶은 지속적인 방황과 숱한 흩어짐과 물결의 연속이니

살아 내는 순간이 고향인 것처럼 몰아치기도

부서지는 그 순간이 다시 시작인 것처럼 흩어지기도

살아가기 위해 살아가고

그래서 살아 있는 것처럼 살아 있도록

오늘 바람이 말도 안 되게 거칠다. 어떨 땐 흐리다. 비가 부슬부슬 내리는 날도 있고, 유성처럼 쏟아지는 날도 있다. 하늘에서 천둥 번개가 시끄럽게 나댄다. 빛은 번쩍이고 어지럽게 쿵쾅거린다. 마음은 그에 따라 수직으로 고꾸라지기도, 한없는 그리움에 빠지기도, 매섭게 나의 기분을 엉클어뜨리기까지 한다. 허나 그 기분이 영원히 지속될까 걱정하느냐 묻는다면, 그 누구도 아니라 말할 것이다. 날에 따른 감정의 기복이겠지. 날씨에 따라 흔들리는 마음은 어쩔 줄 모르겠지. 그렇지만 영원할 거라 믿는 사람이 있을까. 영원에 가까운 걱정을 할까. 그럴 리 없다. 날이 좋지 않더라도 그럭저럭 생각하고 넘길 수 있는 이유. 잠시의 기복을 끝없이 안고 살지 않을 수 있는 이유. 그것은 머지않아 걷힐 거라는 걸 알기 때문이다. 난 그걸 부정을 대하는 여유라 일컫는다. 날씨는 곧 걷힌다. 마음도 이와 같음을 아는 것.

걷힐 걸 알아야 삶의 비구름이 나를 무너뜨리지 않는다. 멈출 걸 알아야 마음의 거친 폭풍우가 내 맘을 죽여 놓지 않는다. 잠시라는 것을 알아야 젖으면서도 그때를 나름의 추억으로 남길 수 있으며, 영원하지 않을 걸 알아야 대담히 긍정으로 나아갈 수 있다.

영원하지 않다. 네 걱정과 흐린 날들. 그러니, 잠시만 우리 흔들리자. 곧 갤 것이니. 화창할 날을 기약하자.

삶의 만족은, 곧 멈출 것을 영원처럼 껴안고 사느냐 아니냐로 좌우되기도 한다. 부정을 대하는 여유가 있어라, 기필코 잊지 말라.

## 흐를 것이다

둑까지 차오른 바닷물이 다시 쓸려 나갈 때, 미처 나가지 못해 고인 바닷물이 모래 벽을 허물고 쪼르르 긴 곡선을 이루며 흐른다. 폭우가 한바탕 내린 산골에 미처 땅 밑으로 꺼지지 못한 빗물이 길을 만들어 시내가 되고, 거센 계곡을 이룬다. 모든 흐르는 것은 길을 만든다. 뒤늦게 흘렀기에 길이 된다. 남겨졌지만 기필코 속도를 가진 것들. 범람했던 곳에서 갇혀 있었거나, 차오르고 차올라 결국 터져버렸거나, 그래서 좁고 강한 유속을 가진 것들이.

그 어떤 다짐이라거나, 망설임이라거나, 아픔이라거나 하는 감정들이 가득 찼으니 우린 곧, 마지못해 흐를 것이다. 우리가 흐른 곳엔 길이 생길 것이며, 그 길을 따라 곧장 다시 나의 고향이자 안정이던 삶으로 귀속될 것이다. 무엇이 걱정인가? 어떤 것이 그렇게 급하게 느껴지는가? 다 때가 있다. 흐를 것이다. 뒤늦게, 길을 틀 것이다. 지금은 좀 갇혀 있어도, 목 끝까지 차올라도 된다. 구질구질하더라도 이제 곧 흐를 것이니.

## 각자의 때가 있다

　　당신에게는 당신만의 때가 있다. 우리는 모두 각자의 때가 있다. 굳이 설명하지 않아도, 누구나 익히 들어 알고 있는 사실이지만 선뜻 받아들이진 못한다. 이유는 그때가 올 때까지 노력해도 티 나지 않는 삶의 비루함이 나를 지속적으로 괴롭히기 때문이다. 그럴 때 우리가 할 수 있는 건 때를 당겨오는 마법도, 누군가에게 손을 빌려 억지로 기회를 만드는 것도 아니다. 때를 기다리지 못해 지금까지의 노력에서 하차하는 것은 더더욱 아니다. 단지 각자의 때가 있다는 것을 마음속으로 계속 되새기며 꾸준히 나아가는 것뿐.

　　그러니, 되새겨 주겠다. 때가 있다. 각자의 때가 있다. 정말 그렇다. 한철 피었다 지는 꽃도 제 때를 기다리고 일 년을 죽어 있다. 한낱 지렁이도 비 올 때를 기다리며 땅속에서 숨을 죽인다. 살아 있는 모든 것에는 때가 있음을, 기어코 잊지 말 것. 당신의 때는 아직 오지 않았다는 것까지도.

잘 살고 있는 것이다　　　　　　　　　　　　　　　　　43

3시 33분이라거나

11시 11분이라거나

하는 우연의 순간을 자주 목격하는 건

곧 행운이 함께할 거란 뜻이래요

## 이제 잠들 차례이다

겨울잠을 생각해 보셔라. 토끼에게 다람쥐에게 겨울은 쉬어 가는 계절이다. 매서운 바람이 들이닥칠 겨울은 양분을 잔뜩 모아 놓고 잠들기만 하더라도 충분히 잘 견뎌 낸 계절일 것이다. 우리의 삶에도 이런 동면의 기간이 있다. 그런 기간에는 숨만 쉬어도 잘 살고 있는 것이다. 봄이 올 때까지 쉬어도 괜찮다. 그간 많은 고민과 걱정을 모아 놓느라 고생하셨다. 우리, 이제 잠들 차례이다. 잔뜩 내린 눈은 녹을 것이고 꽝꽝 얼어 버린 시냇가는 다시 활기를 찾을 것이다. 마음의 허파에 차가운 공기가 들지 않게, 한껏 웅크리고 따뜻한 숨만 쉬셔라. 그래도 되는 계절이니. 그 계절 쉰다고 나의 세상이 퇴보하는 것은 아니다. 잠시 숨어 있으면, 봄이 올 것이다. 마음의 겨울은, 쉬어 가라고 존재하는 짧은 추위일 뿐이다.

너의 상처가 눈물겹다

그 무엇이 너에게 이야기한다. 누구나 그렇게 슬프다고, 아프다고. 나도 그랬다고. 그게 대수냐고. 너는 생각하겠지. 그러니 난 괜찮은 거라고. 괜찮을 거라고. 그러니 또 별거 아닌 거라고.

맞다. 언젠가는 분명 괜찮아질 것이다. 그러나 스스로는 가볍게 여기지 않았으면 한다. 당신, 어떤 것 때문에 슬프다면 정말 슬픈 것이다. 또 아프다면 정말 아픈 것이다. 괜찮겠지만, 괜찮게 여기면 안 되는 것이다. 자신의 슬픔을 가볍게 치부하는 말을 가슴에 새기지 마셔라. 또 애써 타인의 아픔과 비교해 가며 스스로의 고통을 외면할 필요 없다. 누구와 비교하든 비교하지 않든, 네가 슬프고 아프다는 사실은 변하지 않는다. 이미 지나갔더라도 슬펐고 아팠다는 사실 또한 변함이 없다. 그러니 당신은 지금 충분히 슬프며 아픔을 견디는 중이다. 그런 삶을 살아왔고, 또 견디어 온 셈이다.

아, 그 상처가 눈물겹다. 지금껏 견뎌 왔다는 것이. 또 그것으로 인해 무너지지 않았다는 것이. 그 상처의 깊이만큼 견디며 나아갔을 너를 생각하면 눈물겹다. 그 어떤 기적보다 기적 같다. 이처럼 눈물겹게 거대한 감정을 견뎌 낸 당신이, 자랑스럽다.

울어도 돼 말해도 돼

얼마나 참았으면

네 미소가 쓰고 가쁘다

## 미련하셔라

미련이 꼭 나쁜 것만은 아니라고 생각한다. 미련을 가져야 할 때, 미련해야 할 때 맘 놓고 미련에 머물지 못한 내가 더 나쁜 거고 아픈 거라. 그러니 잠시나마 미련하셔라. 그 어느 상처 앞에 아픔 앞에 그리움 앞에 좌절 앞에 사람 앞에 사랑 앞에. 애타게 미련만 하셔라. 눈앞의 미련하고 싶은 마음을 등지고 연신 계산기를 두드렸던 때는 어쩌면 미련보다 더한 비련에 가까운 삶이었음을.

가고 싶다 하지 않았는데 결국 가게 되는 것들이 있습니다. 그러니 그건 간 게 아니고 온 것일까요. 나는 궁금합니다. 올해가 간 것일까요, 새해가 온 것일까요.

넓은 침대를 등 뒤로 하고 꼭 붙어서 나를 구석으로 밀어내는 잠든 애인처럼 나의 시간을 기분 좋게 밀어내고 쫓아내는 것들이 있습니다. 난 언젠가 저항할 생각 없이 부둥켜안고 지나감과 맞이함의 중간에 걸터 누워 있었지요. 우리 모두에겐 소중한 무언가에 쫓겨 시간의 끝자락에 다가선 경험이 있겠지요. 무엇 하나 간 것도, 온 것도 아닌 마주 누워 부둥켜안아 본 경험 말입니다.

무언가의 마무리에 마지막에 마지막 날에 마지막 시간에 서 있는 당신에게. 20대에 30대에 40대에 들어서는 모든 이들에게. 청춘에게. 가난에게, 비루함에게, 또 목표에게 꿈에게 이별에게 새로운 사랑에게. 모두에게 그런 애틋한 내몰림

이기를. 간절히 바라며. 행복으로 빈틈없이 채우는 앞날이
있기를.

## 무딘 사람

유독 자신의 일에만 무딘 사람들이 있다. 제삼자로서 고민도 잘 들어 주고, 조언도 곧잘 하고, 해법도 찾아 주지만 자신의 일에만 다 녹슨 칼날처럼 무엇 하나 딱 잘라 내지 못하고 회피한다. 나의 상황만 끝까지 외면하며 모른 척하는 삶이 익숙하고, 새벽이면 아쉬운 것들을 끝끝내 숨기며 한숨과 눈물로써 대신하는 편이 익숙한. 한낱 철새도 자신의 보금자리를 기억하는데 왜 품어 줄 보금자리를 모르고. 저 멍청한 물고기도 아름다운 산호 곁에 머물려는데, 자꾸 자신을 어지러운 해류 안으로 떠미는지. 자신의 해답엔 너무 무딘 동시에 자신을 가장 상처입히는 날카로운 사람들. 바보 같아서, 계산에 어두워서, 정답을 몰라서 그러는 것은 아니다. 하늘이자 바다같이 넓고 깊기에. 너무 잘 알지만 그보다 더 소중한 것들을 품어 주기 위해. 스스로가 보금자리 또는 산호가 되기 위해서. 소중한 사람들과의 관계나, 애틋한 추억을 망가뜨리기 싫어서. 공감 능력이 너무 깊은 나머지 자신의 이득을 유예하는. 하루가 늘 밤이며 그림자에 가까운. 그러나, 언젠간 그 다정으로 인해 따뜻한 아침을 맞이하게 될 운명을 가진.

아무도 나를 궁금해하지 않는 것 같은 날

아무도 나를 궁금해하지 않는 것 같은 날이 있다. 나 스스로 마음의 문을 닫은 날이거나, 정말 많은 이들이 내 곁을 떠나 다시 돌아오지 않았던 기억에 사로잡힌 날. 사랑받고 사랑을 건네주었던 어떤 때의 나를 잊어버리게 되는 날. 우울이라는 울타리에 나를 감금시켜 놓고 꺼내 줄 수 없는 날. 난 그런 날이면 그토록 애정했지만 쉽게 닿을 수 없는, 어쩌면 나의 우울보다도 한없이 우울에 가까웠던 어떤 한 사람을 떠올린다.

새벽에 잠은 깨지 않고 잘 잤어요? 밥은 잘 먹었는지요. 어떤 노래를 듣고 있어요? 옷은 얇지 않게 입고 나오셨는지요. 밖이 좀 쌀쌀합니다. 그나저나 내 하루가 궁금하진 않고요? 저는 오늘 쌀국수를 먹었습니다. 저녁 하늘엔 달이 예쁘게 떠서 사진도 찍어 보았고요. 잠시 멈춘 걸음을 다시 어딘가로 힘차게 옮기기까지 했습니다. 잘했지요?

삶엔 이토록 궁금한 게 많은데 다 물어보지 못하게 되는 사람이 있다. 정말 많이 보고 싶은데 겁이 나는 사람이거나 다 알려 주고 싶은데 닿지 못하는 사람이.

그쪽도 분명 누군가에게 그런 사람일 것이라, 말해 주고 싶다. 분명, 누군가에겐 꼭 그런 사람일 거라 믿고 그 영원할 것 같은 우울 속에서 자신을 꺼내 줄 수 있기를 바란다.

상처　　가 아닌　　　　　흉　　　　　　나아가는 사람


회복　　　　　더딘 사람　　마음　약한　　이라 생각　　않는다.


섬세　마음　　　　　꽃을　　　　말리는　　다르게,


꽃이　　　포기 못　　노력을　　　　영원　　없을


알면서　실천　　애쓰는　　　　다 읽은 책　　서운　　머리말　펼쳐


마음　　버거워 .　　취약한　　　　　그러나　　사랑하는


가장　　사랑　　무언갈　　곁에 들이　　섬세한 사람들.

무언갈 곁에 둠이      섬세한 사람들

친근하게 그러나 단단하게

# 친구

몸이 잔뜩 긴장해서 경직된 날엔 마사지를 받아야 풀린다. 나는 이처럼 몸이 아니라 마음이 잔뜩 긴장해서 경직된 날엔, 욕을 편하게 주고받을 수 있는 친구를 찾는다. 사랑을 나눈다거나 피를 나눴다거나 하지 않아서 오히려 편한 사이. 연인이나 가족에게 털어놓아도 풀릴 수 없는 마음의 근육을 풀어 주는. "야 뭐하냐." 툭 건네면 "무슨 일 있냐." 정도의 무뚝뚝한 다정으로 나의 마음을 풀어 주는. 난 그런 소중한 사이를 잘 살아왔다는 증거라 생각하며 마음의 안식을 갖는다. 몇 없지만, 이런 사람들이 내 곁에 위성처럼 머물러 있다. 딱히 기념일도 없고, 내가 거두어야 할 책임조차 없지만 그렇기에 좀 더 편히 기댈 수 있는. 서로가 서로에게 잘 살아 내자고 무언의 응원을 건네는, 있는 말 없는 말 해 가며 서로 비난할 수 있는. 친구.

다 설명하기 버거워서

그냥이라고 말했는데

무슨 일 있냐고 물어봐 주는 사람들이 있다.

아니 알아봐 주는 사람들이.

생의 몇 없는 보석 같은 사람들과는

서로만 느낄 수 있는 언어와 감정이 생기곤 한다.

말을 주고받음의 온도가 비슷한 이들.

아니, 맘을 주고받음의 온도가.

서른이 넘은 나이지만, 별거 아닌 일에도 엄말 찾는다. 투정은 아니다. 엄만 그때마다 귀찮은 듯 움직이면서도 속으로 웃고 있다는 걸 안다. 사람은 시간이 갈수록 자신의 필요성에 집중한다. 낡아도, 쓸 만한 사람이기를, 바란다. 나도 우리 엄마처럼 소중한 이들에게 필요한 사람이기를 바란다. 투덜거리며 무심한 척해도, 내심 바란다. 내가 그들에게 별거 아닌 일에도 이름 불릴 수 있는 사람이기를. 어쩌면 우리의 삶은 그거 하나면, 잘 살고 있는 것이다.

## 마음을 줄 거라면

마음을 줄 거라면 빌려주지 말아야 한다. 건넨 마음에는 이자가 없음을 알고, 던져 버리듯 돌아오지 않을 걸 알고. 나를 슬프게 만들어도, 준 만큼 내게 돌아오지 않아도, 그것이 그의 최선의 마음임을 익숙하게 여기며. 줄 거라면 떼어 낸 나의 마음 구멍을 넘치게 채워 달라 조르지 않으며 구멍 난 채로 건네줄 수 있어야 한다. 이 모든 것들이 그의 이기적임이 아닌, 나의 선택이었음을 인정하는 것. 마음은 빌려주는 것이 아니니, 줄 수 있어야 한다. 준 마음을 되찾겠다는 애타는 마음을 놓아주고, 누군가의 마음을 향해 선뜻 건네줄 수 있어야 한다. 정말 내 마음을 줄 가치가 있는 사람이라면.

"일찍 일어나서… 사랑하기."

"일찍 일어나서 사랑한다니?"

때는 신년 맞이가 한창인 1월이었다. 원이가 가고 싶다던 전시회에 들렀고 다녀간 이가 적는 방명록에 쓴 문구였다. [일찍 일어나서… 사랑하기]

그가 무슨 뜻이냐 묻는다.

"목표야. 일찍 일어나서 고작 살아간다 말하면… 퍽퍽하잖아. 그러니, 사랑하기. 일찍 일어나서 무언가로 마음을 향하기."

원이 히죽 웃으며 "역시 작가답네." 사랑스런 눈빛을 쏘아 댄다.

아, 일찍 일어나서… 사랑하기.

내 맘 몰라주는 이에게 마음 퍼 주면서 밑 빠진 독에 물 부었다며 나를 질책하고 다시 마음 주기 전으로 돌아가고 싶다는 생각을 할 때. 내가 준 마음은 무엇이고, 그가 받은 마음은 무엇일까. 한없이 후회되고 되돌리고 싶을 때.

오지도 않을 사람 기다리며 인생 낭비한 것 같다고 생각이 들 때. 사랑하니까 기다린다는 마음 품고 내 시간을 갈아 버린 것 같을 때. 그를 기다리느라 너무 많은 연을 손 놓고 바라보기만 한 거 같을 때.

상처받은 마음 때문에 마음 못 열고 인생에서 다신 못만날 것 같은 귀중한 사람을 놓쳤을 때. 내가 좋은 사람이 아니라는 생각 때문에, 상대를 품을 수 없었을 때. 그게 성숙한 이어짐을 위한 길이라 여겼지만, 돌아보니 외려 미숙하고 어렸다는 생각이 후폭풍으로 다가올 때. 좀 더 마음을 내려놓고 껴안아 볼걸.

떠나간 인연에 대해서 내 잘못으로 전부 몰아갔을 때. 그때 한 번쯤은 내 마음 다 털어놓고 욕 한 바가지 하면서 미워해 볼걸. 끝까지 내 잘못이었노라고, 마음 깊숙한 곳에 있는 치부를 드러내지 못하고 상대를 감싸 안으며 나를 죽여 버렸을 때.

마음 고장 나는 줄도 모르고, 그 누군갈 잊어버리고자 다른 사람을 만났을 때. 그런 이기적인 마음에 중독되어 버려서 이젠 내가 내 마음을 어쩔 줄 모를 지경까지 와 버렸을 때.

사랑했던 이에게
뱉은 모진 말들은
사실 상대를 찌르는 것이 아니라
칼 손잡이를 쥐여주는 일이다
나를 쑤시게 될
나를 향한 날을 세우는 일이다

무언갈 곁에 둠이

## 곁에 둠이 섬세한 사람들

상처를 받아도 상처가 아닌 사람도 있고, 흉은 지지 않을 만큼만 아프다 나아가는 사람도 있는 반면, 마음의 회복 속도가 아주 더딘 사람들이 있다. 난 그런 사람들을 마음이 약한 사람들이라 생각하지 않는다. 한없이 섬세한 마음을 가진 사람들이라. 시들어 가는 꽃을 보며 화병에서 빼내어 말리는 사람들과는 다르게, 죽어 가는 꽃이 아쉬워서 포기 못 하고 가꾸어 가는 노력을 아는 사람들. 영원이랄게 없을 걸 알면서도 실천하려고 애쓰는 사람들. 다 읽은 책을 꽂아 두기 서운해서 머리맡에 두고 계속 펼쳐 보는 다정한 사람들. 마음을 쉽게 접기 버거워하며, 애석한 결말에 취약한 사람들. 그러나 사랑하는 모든 것에게 가장 지지가 되는 사랑을 건네주는 따뜻한 사람들. 무언갈 애정함과 곁에 둠이 유독 섬세한 사람들.

## 악력과 굳은살

난 마음이 무너지고 재구축되는 과정에서 소중한 것을 놓치지 않을 수 있는 관계에서의 악력과, 어떤 상처라도 가볍게 웃어넘길 수 있는 단단한 마음의 굳은살이 생기는 거라 믿는다. 다신 열지 않으리라 잠가 두었던 마음을 열어 보고, 다시 닫기도 하고, 그러다 또 무너지기도 하는 무수한 과정으로부터 관계의 날카로움과 마음의 회복이 균형을 이루어 적절히 힘들고 행복하며 아름답고 애틋하게 살아갈 수 있는 거라고. 그러니 괜찮다. 너무 오래 아프지만 말아라. 오래 무너지지만 말고. 다 과정일 것이라 믿고.

## 사금

시간이 흘러간다는 건, 사람이 걸러지는 것이다. 힘겹게 퍼 올린 수많은 관계의 알갱이들. 시간의 흐름에 못 이겨 사이사이로 빠져나가는 사람들. 내 삶에 걸맞은 무거운 이들만 남게 됨을 이젠 안다. 이어짐이라는 좁은 바구니 안에서 빛나는 사금을 발견하게 되는 것. 생이 흘러감에 따라 좁혀지는 관계를 너무 애타게 두려워 말 것. 흐름에 맞게 쓸려 나가는 가벼운 이들을 아쉬워 말 것. 나를 빛나게 해 줄 무거운 사람만 남게 되는 것이기에.

## 시간 낭비하지 말자

나 안 좋아하는 사람에게 잘 보이려고 노력했던 순간만큼 쓸모없는 것이 없다. 내가 웃으면 웃는다고 싫어하고 울면 운다고 싫어할 사람에게 무엇이든 낭비하지 말 것. 노력하면 발버둥 친다 삿대질하고, 포기하면 뚝심 없다며 비웃을 사람 신경 쓰지 말 것. 그것만큼 시간 낭비가 없고, 감정 낭비가 없다. 나를 갈고 갈아 만족시켜야 할 관계에 대해 목매지 말고 애착하지 말 것.

이해하려고 해도 이해 안 되는 것이 곧 미움이요 사람에 대한 악한 시선이다. 사고 싶다고 살 수 없는 것이 곧 마음이요, 산다고 해도 그 값을 제대로 쳐 주지 않는 것이 서로에 대한 미약한 이어짐이다.

## 관계의 끈

관계에는 서로 잡고 있는 끈이 있다. 별일 없는 관계에선 그 끈이 끊어질 생각 없이 느슨하게 이어져 있지만, 곧 멀어질 것 같은 위태로운 상황에선 그 끈을 서로 당기고 있듯 팽팽하게 퍼진다. 서로 줄다리기라도 하듯, 위태로운 끈을 사이에 두고 둘은 잡을지 놓을지 끌려갈지 끌고 갈지를 결정한다. 혹여 놓치기라도 할까 꽉 잡고 있는 쪽의 손은 피가 나고 다치다가 아프면서 미숙하게 아물기를 반복한다. 그렇게 수없는 과정을 반복하면서 어느 정도 관계의 굳은살이 생길 때쯤, 놓아 버리는 선택을 배우게 된다. 무뎌지는 것은 아니다. 결국, 더 세게 쥐고 있는 쪽이 그 관계를 끝낼 때를 정한다는 것을 알게 되는 것이다. 어느 순간부터 끝내야 하는 상황이 관계에서의 밀려남이 아니라, 선택의 문세라는 것을.

그렇게 수없는 관계와 아픔과 선택 속에서 우린 자연스

럽게 덤덤할 수 있는 어른이 된다. 나만 아픈 관계 속에서 골골 앓는 것 같을 때는 기억할 것. 관계에는 보이지 않는 끈이 있고, 그것을 꽉 쥐어 본 사람만이 얻어 가는 것이 분명 있다는 것을. 너의 아쉬움을 내 알고 있으나, 이어짐을 대하는 태도는 그렇게 성장한다는 것을. 안타깝기 그지없지만 그렇게 흘러가는 것이라는 것을.

조금 더 노력한 사람이 안고 가야 할 건 아픔이고

조금 덜 노력한 사람이 안고 가야 할 건 후회야

난 그렇게 믿어

## 그 사람, 나를 정말 사랑했을까

다른 이의 진심이나 마음을 함부로 파악하고 재단하는 것만큼 나를 망가뜨리는 일이 없다. 한때 받았던 마음이 시간이 훌쩍 지나 진심은 아니었다는 의심으로 바뀌어도, 그럴 사정이 있었겠거니 하며 아름답게 덮어 두는 편이 나에게 이롭다는 것을 이젠 안다. 진심이 아니었다느니, 나를 가볍게 만났다느니 하는 때 지난 의심을 품으며 과거를 흐트러뜨리고 이미 지나가 버린 상대의 마음을 파악하다 보면, 내가 건넨 진심 어린 마음만 불쌍해지는 꼴이기에. 그것만큼 그때 그에게 진심이었던 나에게 미안한 일이 있을까. 순간이라도 진심이었다면 그것으로 되었다는, 성숙에 가까운 사랑으로 다가가고자 마음먹어라. 기필코 더 깊은 사랑으로 한 걸음 다가가서라.

그러나, 안다. 얼마나 아팠을까. 그 아픈 상처를 다시 꺼내 보느라 얼마큼이나 눈물 흘리셨을까. 상처받느라 무던히도 고생하셨다.

이미 지나간 과거의 사람과 지금의 나를 저울질하면 나만 더 비참해진다. 그 사람은 충실히 현재를 살아가는데 나는 과거를 살아가는 거니까. 그런 의미 없는 돌아봄이 나의 상처를 지속하게 한다. 기필코 앞을 바라보셔라. 나의 앞에 기다리고 있는 무수한 시간과 사람들이 있다. 뒤돌아보는 건 이제 그만 하고.

## 기대면 추락 위험

'기대면 추락 위험.' '손대지 마시오.' 엘리베이터에 적힌 문구처럼 모든 관계 안에서 손을 대지도 않고, 기대지 않을 순 없지만 이젠 과한 기대도, 기댐도 하지 않는 편이다. 예전에야 내가 버림받거나 배신당할 때 늘 상대의 탓을 하며 뒤에서 숨 참지 못하고 발악에 가까운 비난을 하기 바빴는데 이젠 안다. 손을 건넨 쪽에도, 기댄 쪽에도 그만의 책임이 있다는 것을. 난 그런 것을 보고, 맡긴 이의 책임이라 일컫는다. 어쩌면 관계에 있어서 받은 이의 책임보다 무겁고 경계해야 하며 염두에 두어야 할 책임. 모든 자유에 책임이 따르듯, 마음을 맡긴 나의 선택에도 마땅한 책임이 따른다는 것을. 관계는 누가 기대지 말라고도, 손대지 말라고도 언질 주지 않으니. 알아서 덜 건네고 덜 기대며 남은 마음을 스스로에게도 건네줄 수 있는 것. 지금과 훗날의 나에게 적당한 불안과 올바른 여유를 건넬 줄 아는 것. 모든

무언갈 곁에 둠이

관계에는 책임이 따른다. 섣불리 기댄 곳이 추락의 길이라도, 맘 놓고 만진 것이 선인장이어도 누굴 탓하리. 다, 나의 외로움이 그랬던 것을 무엇을 비난하리. 내 탓에 네 탓 조금, 섞여 있을 뿐이지.

# 벼랑 끝에 선 관계

난 대부분 벼랑 끝에 선 관계에서, 붙잡는 편
에 섰고 힘주어 그 관계를 놓지 않으려는 쪽에 있었다. 예전
에야 그런 내가 미련해 보였고 비정상적이라며 나무랄 때가
많았는데, 이젠 안다. 그런 편이 덜 미련하고 정상적인 마음
으로 우뚝 서는 방법이라는 것을. 마음 아파 죽겠고, 누군
가는 떠나가는 상황에서도 그 관계를 놓지 못하는 사람이
있다. 난 그런 사람이 버려지고 남겨진 사람이 아니라, 지독
한 관계에서 살아남은 사람이라는 것을, 안다. 힘줄 다 끊길
듯 잡고 쏟아 내고 뒤돌아본 적 있는 사람이 시간이 흘러
미련과 후회가 적은 쪽이라는 것을 안다. 건강한 삶으로 나
아가는 것은 그런 방법이라는 것을. 그 관계에서 비루하게
만 느껴진 것은, 더 아름다운 관계와 삶으로 향하기 위함이
라는 것을. 미련했던 나의 마음을 이해하며, 굳게 믿는다.

## 마음의 증명

　　닿지도 않을 사람에게 마음을 증명하려 했던 것만큼 내 마음을 죽이는 것이 없다. 마음을 애써 건네는 노력이 전부 쓸모없는 짓이었다는 말은 아니다. 닿지도 않을 사람에게 주고 싶은 마음과 그토록 아끼는 마음을 보여 주고, 꼭 그에 대한 답을 기대하는 것만큼 나를 상처입히는 것이 없다는 것이다. 그리고 그 사람을 미워하는 마음을 가짐은, 곧 나의 잘못이요 충분히 애틋했지만 아름답게 남길 수 없는 과오로 남을 만남이라는 것을.

　　마음은 단지, 느껴지는 것일 뿐 그 어떤 것으로도 명확히 증명할 수 없고 증명받을 수 없다.

　　섣부른 기대와 기대치만큼 충족되지 못하는 관계만큼 나의 삶을 무너뜨리는 것이 없다는 것.

　　언젠가 아주 깊고도 때때로 우울한 누군가를 통해 배우기도 했다.

난 최선을 다해 아껴 주고 보살폈지만, 잡혀 주지 않을 때 그 사람이 세상에서 제일 미워지는 못난 사람이다. 너무 커져 버린 내 마음을 못 이겨 그를 미워해야만 내가 살 것 같은 이기심 때문에. 결국 그를 좋아하는 마음도 나의 이기적인 마음이었을까, 생각이 들기도 한다. 잘 살지 않았으면. 무너졌으면. 그래서 다시 나에게 돌아왔으면. 아파했으면. 후회했으면. 그래야 내가 힘들게 붙잡으며 아파하고 흘렸던 눈물이 조금이나마 보상받는 것 같은 어쩔 수 없는 안심이 들기 때문에. 이런 미약한 이어짐과 약아빠진 다정이 사랑이라면 세상이 꼭 아름답지만은 않은 것 같다 느끼며. 삶을 지속할수록 마음이 점점 늙고 쇠약해지는 것을 느낀다.

만남에 있어 지속 기간은 마음의 유속과 비례하지 않는다. 누군가를 좋아하거나 미워하는 감정의 이어짐은 때때로 많은 시간이나 경험을 필요로 하지 않는다는 것이다. 그래서 적게 만났어도, 별거 아닌 일에도 혹은 이렇다 할 이유가 없음에도 누군갈 애타게 그리거나 질투하거나 약점 잡고 싶어 하거나 염원하고 추앙하는 마음을 이해한다. 또 그런 감정은 아이러니하게도, 꼬리가 길어서 그 감정으로 쏟아지는 마음의 방향을 틀기가 어렵다. 그 감정을 안고 가는 것은 평생일 수도 있다는 것이다. 숨기고, 다른 것으로 덮으며 살 뿐이지. 누군가에게 잠시 향한 생각과 마음이 이토록 끈질기다고 생각하니 난 만남이 더욱 진절머리난다. 오늘 누군가에게 받은 미움이 무겁고, 오늘 누군가에게 건넨 다정이 무섭다.

관계의 지속 기간만큼 마음이 깊어지는 건 아니다
마음이 깊어졌다고
관계의 끊어짐이 유예되지 않는단 걸 증명이라도 하듯
두 문장이 동시대에 공존한다

'그 말을 해서, 그 행동을 해서' 떠난 것같이 보이는 관계가 있다. 구태여 그 순간만을 집착적으로 후회하며, 그 한순간을 돌리고 싶어 안절부절못하는. 그러나 기억하라. 상식선에서 크게 벗어난 것이 없는 말과 행동을 함으로 상대가 실망했다며, 떠났다며 자책하는 것만큼 자존감을 낮추고, 앞으로의 관계까지 전부 망치는 어두운 생각이 없다. 눈치 보는 일만 더 늘어날 것이며, 어떤 사이에서 나만 쏙 하고 없어지는 관계가 될 것이 뻔하다.

고작 그 말과 행동 때문에 떠날 사람이라면 그 말과 행동을 하지 않아도 끝날 관계이기 때문에, 이어짐에 있어 자신의 말과 행동에 너무 큰 의미를 두지 않는 것이 옳다. 상대가 고작 그것 때문이라 콕 집어 말은 했어도, 대부분 핑계일 뿐이라. 미운 사람은 어떤 말을 해도 밉고, 좋은 사람은 어떤 행동을 보여도 귀엽다. 사람과 사람의 이어짐은 마음에 따라 움직이지, 말과 행동에 따라 움직이는 것은 아니다. 잊지 말라. 가장 큰 이유는 마음이라는 것이다. 자책하더라도, 옳은 방향으로 하는 것이 무수한 관계 속에서 나를 잃지 않는 방법이다.

사람은 태어나서 자신이 아닌 인격을 완벽히 이해할 수 없다는 걸 인정하십니까?

어릴 적에 달리기 시합 1, 2등을 번갈아 하며 자주 티격태격하던 친구 진세가 방학 동안 돌연사했을 때, 좋은 곳으로 갔을 거란 선생님의 힘 없는 다독임도, 책상에 꽃을 올려놓자며 죽음을 수긍하던 여자애의 슬픈 눈도 이해할 수 없었습니다. 이유는 좀 알겠는데, 왜 다 이해가 되지 않는지 그땐 몰랐습니다. 그들 또한 유독 더 빠르게 달리며 골대에 공을 차고 씩씩대던 나를 이해할 수 없었을 겁니다. 욱하는 성격의 아이로만 보였겠죠. 한동안은 체육복을 갈아입는 시간이 바다에 가라앉는 시간처럼 말이 나오지 않았습니다. 아무에게도 설명하지 못했습니다. 김치를 먹으면 근육이 늘어나는 줄 알고 방학 동안 그 애한테 지지 않으리라 김치를 열심히 먹었었는데. 한동안 급식에서 김치만 골라서 버렸습니다. 아무도 몰라요. 숨긴 이야기와 사정이 많습니다. 그러니 사람은 절대 사람을 이해할 수 없습니다. 어느 정도 그런 감정이구나, 하며 공감해 주는 정도가 최선.

자신이 아닌 인격을 완벽히 이해할 수 없다는 걸 인정하십니까. 역설입니다. 그 말은 나를 완벽히 이해해 줄 수 있는 사람이 나 하나밖에 없다는 것을 대변하는 것이었는데.

## 마음의 총량

난 누군가를 생각하고 염원하는 마음에도 총량이 있다고 믿는다. 자주 솟아나는 기억을 잊으려 발버둥치는 것보다 누군갈 멈추지 않고 떠올리는 것이 헤어짐으로 가는 가장 쉬운 길이라. 아주 애달프며, 궁금함에 몸서리치는 결말은 뱉다 말아 버린 이야기라는 것을. 눈이 닳도록 본 적 있는 영화는 다시 볼 마음 없어도 오래 마음에 담아 둔다는 것을. 목이 쉬도록 불러 본 노래는 매일 듣지 않고도 입이 기억한다는 것을. 가장 깊고 온전한 덮어둠이란 외려 이런 것이 아닐까. 목 끝까지 차오르는 그 기억, 삼킬 수 없을 만큼 거대해서 쏟아 내고 게워 낸 덕에 잊을 이유 하나 없이 영원으로만 기억되는 것. 때론 웃으면서 그 이름 부르고 새겨 두고 살 수 있는 것.

정말. 정말로, 누군가를 생각하는 마음에도 총량이란 것이 있다면 말이다.

"잊는다는 것은 어떤 걸까요?"

"잊어야 한다는 생각조차 들지 않는 지점에 도달하기 위해
대상을 계속 떠올리는 과정."

## 칼 같은 사람들

　　헤어짐을 다짐한 순간 미련을 두지 않는 이들이 있다. 아니, 미련이 없어야 헤어짐을 고할 수 있는 사람들에 가깝달까. 단 한 번도 허투루 안녕을 고해 본 적이 없어서, 마지막을 전하는 순간이 누구보다 무거운 사람들. 멀리서 보면 한 번 끝난 관계에 대해 더는 돌아보지 않는 모습이 칼 같다 생각될 수 있어도, 난 안다. 그런 이들은 늘 거기 있는 나무 같아서 자신의 마음을 뿌리까지 다 건네고 나서야 떠나보냄을 결단하는, 이어짐을 진심으로 대하는 사람들이란 걸. 먼 시간이 지나, 떠나보낸 이들이 외려 고마워할 마음을 가질 담백한 사람이란 걸. 잘라 낸 절단면이 말끔해서 언젠가 다시 이어 붙이고만 싶어지는 매력적인 마음을 품은 이들이다.

　　아름다운 소설의 완성이라고 생각했지만, 스스로 찢어 버린 마지막 페이지를 보며 속상한 마음 감추지 못하더라도, 곧이어 그것이 이야기의 끝임을 인정할 줄 아는 성숙한 사람들. 안녕, 두 글자를 내뱉고 평온한 상태를 유지하려 노력하는. 그러나 태풍이 오기 전 평온함이 아니라, 태풍이 지난 후 맞이한 평온이라. 이미 지나간 관계의 태풍이 마음 이곳저곳을 찢어 놓아도 묵묵히 아파하고, 다 삼켜 낼 줄 아는. 그럴 수 있는 단단함과 마지막을 대하는 용기를 지닌.

## 돌아만 서셔라

아픈 기억은 미화되지만 좋은 기억은 폄하된다. 기억이란 거, 결과적으론 나쁘거나 좋거나 모두 적당히에 수렴한다. 그래서 아무리 나쁜 기억도 그땐 그랬었지가 되고 아무리 좋은 기억도 그땐 그랬었지가 된다. 사람의 뇌는 적당히를 모르지만, 기억 장치는 적당히를 추구하며 살아간다. 마치 '적당했어'라고 생각하면 어떤 일도 다행히 잘 마무리된 것만 같아서. 아직 아프다면, 아름답다면 그것은 끝난 관계가 아니라는 것을 반증이라도 하는 듯, 기억은 그런 중재자의 역할로서 우리 마음에 존재한다고 믿는다. 그래서 난 미화될 수도 없고 폄하되지도 않는 기억은 아직 마음의 끈이 이어져 있다는 증거라도 되는 것처럼 껴안고 소중히 보듬으며 살아간다.

"우린 아직 이어져 있으니, 언제든 다시 돌아만 서셔라.

나 더 큰 사람이 되어 기다리겠다. 그쪽이 고개만 살짝 돌려 준다면, 성장한 나의 보폭으로 성큼성큼 그쪽에게 다가가겠다."

언젠가 물을 마실 때마다 키우는 식물에 물을 주는 연이의 버릇을 보고 나는 말했다. 물을 자주 주면 금방 죽는다고. 그는 어쩔 수 없다고 했다. 내가 목이 마르면 쟤도 목이 마른 것 같다고. 그랬다. 공감 능력이 뛰어나서 아픔과 행복을 자주 공유하는 사람들은 꼭 그러더라. 자신의 상황에 자꾸 무언갈 대입해서 행동하곤 해. 근데 그렇게 주면 금방 썩고 떠나가. 근데 연아, 너는 왜? 공감 능력이 없는 사람이잖아. 연은 웅얼거리며 말했다.

"아끼는 것들에겐 이상하리만큼 내가 아니야…."

괜찮 ?       두려웠       뱉었어?      마음 없는    ?

아님,     더     깊이     있던     숨겨진   이었어?

벅차    괜찮다.       아무리     진심 아닌

알아     있을 것     하지 않아도   다

믿고    자책   ·말자.     사람이라     끊어짐이

더 깊은     향할 인연   믿고.     원망   속에 가  두지 말고.

노력   애달프다.      아팠을까.

안 되는   져버린 꽃잎     안다.    길지 않기를.   원망

않기를.      햇살  따갑지   않기를.

사랑받으며    사랑하기

003

저는 하루의 대부분은 아니지만

일부분은 그쪽 생각으로 보내요.

보낸다. 보낸다고 말하니까 꼭 과거인 것만 같네요.

해서 보내는 건 아니고 지내요.

"하루의 일부분은 그쪽 생각으로 지내요."

# 낭만으로 향하는 일

낭만이라곤 하나 없는 이 세상에서 한쪽 귀로 들려오는 노래를 함께 듣는 것. 수화기 반대편 너머 들려오는 소소한 이야깃거리 사이로 "보고 싶어요." 전하고 한참을 침묵하는 것. 밀려오는 잠 꾹 참다가 핸드폰을 쥐고 잠이 드는 것. 맞잡은 손 반대편으로 서로에게 선물한 별거 아닌 것들을 쥐고 축제가 한창인 거리를 걷는 것. 다 읽은 책에서 좋아하는 문구에 밑줄을 그어 상대에게 건네주는 것. 헤어지기 아쉬워 같은 곳을 몇 번씩이나 뺑 돌아다니며 발맞추어 걷는 것. 막 찍은 스티커 사진 뒷면에 짧은 쪽지를 적어 나눠 갖는 것. 이 모든 게 너와 나를 향한 세상에 남은 일말의 낭만. 거창할 필요가 있나, 자랑할 거 있나. 보여 주기 위해 하는 만남이 아니기에. 우리만이 알고 있는 온도의 낭만으로 꾸준히 향하는 일. 영원한 사랑을 믿지 않고 낭만이 제법 없는 세상에서, 동화 속의 주인공이 되는 것처럼 자꾸 믿고 싶어지는 일. 그것이 사랑.

좋아하면 마침표보다 물음표가 많아져요

난 이 사실을 당신을 좋아하고 알았어요

그나저나 밥은 챙기셨어요?

## 서로

한 여름밤에 슬리퍼 질질 끌고 나와 별것 없는 서로의 이야기를 주고받으며 하하 호호 웃는 것. 야식을 시켜 놓고 불어난 서로의 살을 잡으며 내일부턴 야식 금지라는 기분 좋은 다짐을 하는 것. 서로가 가진 취미를 같은 공간에서 따로따로 즐기며 과정을 공유하는 것. 지나가다 마주친 귀여운 물건을 서로에게 선물하며 둘만 아는 기념일을 만들어 보는 것.

난 소소한 일상 속에서 쉽게 사그라들지 않는 사랑 이야기를 좋아한다. 그러나 이러한 오밀조밀한 일들 속에서 가장 중요한 것은 그 무엇도 아닌 '서로'일 거라. 서로. 그 말이 붙어 있기에 이토록 애틋하고 다정한 것이다. 이별은 서로가 함께 할 수 없는 것이기에. 헤어짐은 서로가 동등할 수 없는 것이기에. 그러니, 우리 어떤 이야기 속에서 늘 서로를 가장 소중히 간직하면 좋겠다. 다른 거 다 필요 없다. 서로.

사랑받으며

우린 이거 하나면 이토록 충분한 것이다. 영원에 가깝게 서로라는 사실 하나라면, 너와 내가 언제나 서로라면.

조개껍데기는 녹슬지 않는대

펭귄은 자신의 동반자에게 돌멩이를 주워다 준대

소라껍데기는 버려진 게 아니라 기다리는 거래

하나같이 다정하고 애틋한 사실이야 그치?

너와 함께 늙어 가는 상상을 해

"넌 늙어도 예쁘다."

이게 나에겐 사랑한단 말보다 더 앞선 말이야

## 서로가 사랑하고 있을 때

사랑을 하면 내가 귀여워진다. 나는 귀여움과는 거리가 먼 사람이지만 그가 귀여워서 자꾸 귀여운 말투를 쓴다. 그이가 너무 귀여워지면 내가 그렇게 변한다. 내가 그를 좋아하는 만큼 내가 사랑스러워지는 것이다. 나의 귀여운 모습을 또 귀여워하는 그이가 있기에 서로가 자꾸 아이가 된 것처럼 시간이 거꾸로 흐른다.

둘만의 언어가 하나둘 생긴다. 줄임말이든, 지역을 뜻하는 것이든, 특정한 행동을 말하는 것이든, 애칭이든. 아무도 알아듣지 못할 둘만의 암호가 생긴다.

닮아 간다. 서로의 세포가 변하는 것은 아니지만 분위기가, 입는 옷이, 말투가, 하는 행동이 서로를 닮아 가서 누가 보면 비슷하다고 생각이 든다. 누군가 좋아한다는 깃은, 그런 사람이 되고 싶다는 것을 뜻하기도 하니까. 우린 서로가 되고 싶기 때문에 닮아 가는 것 아닐까.

서운해진다. 한쪽이 일방적으로 서운함을 표현한다기보다, 서로의 서운함이 오고 간다. 그래서 진정 서로를 사랑하면서 사람은 성장하는 것이다. 자신의 부족함을 깨우치고, 무딘 점과 모서리를 알아 간다. 서로가 사랑하고 있다는 것은 그 무엇도 알려 주지 않은 성장의 기회인 것이다.

손을 자주 잡는다. 감각이 예민한 세포보다도, 가장 많이 쓰는 쪽을 함께 마주하며 건네고 싶어진다. 사랑은 자극보다 일상적임에 가까움을 은연중에 깨우친다.

귀여운 걸 부를 때는 내가 귀여워져요

애교는 없지만

네가 귀여워서

난 귀여워져요

"사랑을 믿어요?"

"믿기는 거예요, 사랑은."

## 사랑이 주는 위대함

나는 누군가와 사랑을 하는 것이 우리의 삶에 주고받는 기쁨을 가져온다는 것을 믿는다. 그러나 동시에 그것은 사랑이라는 감정이 해낼 수 있는 아주 조그만 위대함에 불과하다는 것 또한 부정하지 않는다.

가장 값진 경험은 그가 사랑하는 나를 스스로 사랑하는 것이고, 상대 또한 내가 사랑하는 자신을 스스로 사랑하는 것. 우린 서로 사랑에 빠져서, 서로를 더 사랑하게 되었다. 누군가와의 사랑을 통해 자신을 더 사랑하게 된 경험. 더 아끼게 된 경험. 더 좋은 사람이 되고 싶은 경험. 고립된 숲과 숲이 만나 점차 섞여 가면서 각자가 가진 생태를 너무 사랑한 나머지, 서로가 서로에게 새로운 진화의 방식을 건네줄 수 있는 것. 난 그것이 사랑이 가진 고유 성질 중 '희생' 다음으로 가장 희귀하고 까다로운 기적이라고 생각한다. '진정한 독립'이랄까. 우리라는 울타리뿐만 아니라 한 인격체로

서의 각자를 스스로가 사랑할 줄 아는 것.

주고받기만 한다고 해서 그 만남이 영원이 될 순 없다. 영원에게는 영원에 걸맞은 기적 같은 경험이 필요하다. 난 진정한 사랑이 주는 위대함이, 그러한 경험을 가능하게 하는 기적에 있다고 생각한다.

"너를 너무 사랑해서, 나를 사랑하는 법을 알게 되었다."

지금 생각나는 사람의 이름 옆에
내 이름을 나란히 써 보기
나란히 적힌 두 이름이 울컥하고 애틋하다면
그것이 바로 사랑

사랑은 백야 현상이다. 그게 낮인지 밤인지 모르고 계속 그대로 밝은 것. 되돌아보니 낮이었고 아침이었고 밤이었고 새벽이었던 날들. 우린 왜 벌건 대낮에 서로의 그림자 한 번 밟아 보지도 않고 그렇게 나란히 걸었을까. 그땐 무엇에 홀렸는지 서로 아닌 모든 것들을 외면하기가 그렇게나 쉬웠다.

나는 자꾸 무언가 두려워서 뒷걸음질 치는데

하필 쿵 하고 부딪힌 곳이

네 품이야

아마도 운명이라는 건 그런 거겠지

## 불안해, 사랑이야

　　잠결에 일어나 내 팔을 꼬옥 안고 다시 잠드는 널 어떻게 사랑하지 않을 수가 있겠어. 폭신한 발가락 한쪽만 삐죽 튀어나온 채 잠든 널 어떻게. 난 이렇게 잠든 너를 확인하며 세상을 다 가진 듯 행복하다가도 마음이 아려. 마음은 늘 울고. 이불 안에서 언젠가 내가 도망가지 말라며 너의 등을 꼬옥 안았지. 너는 이미 날 가졌으면서 뭐가 그렇게 불안하냐며 특유의 산미 가득한 미소를 지었어. 그게 너무 귀여워서 다시 꼬옥 안고 얼굴을 파묻었지만, 여전히 안절부절못해. 다 설명할 수가 없어. 나에게 사랑은 불안에 가깝고, 너는 꿈에 가깝고, 너와의 잠은 선잠에 가까워. 나에게 안착은 방황에 가깝고, 혼자 있는 시간들은 공허에 가까워. 늘 곁에 있어도, 쥘 수 없는 모래를 쥐고 사는 기분이야. 난파된 배처럼 부서지고 가라앉는 게 나의 새벽이야. 무거운 마음이 나를 자주 짓누르는데, 손을 뻗어 네 손을 잡고 살아. 가끔은 이런 내가 너에게 상처와 짐이 될까 밝은 척하지만, 난 그래. 내가 사랑한다고 말해, 그럼 너도 나를 보며 말하지. "나도 사랑해." 또 언젠가 이 말들이 혼자 오고 가는 메아리가 될 거라 생각하니 난 벌써 한참을 운 아이처럼 벅찬 딸꾹질이 멈추질 않아. 그래도 늘 안정으로 대해 볼게. 아니 그러니, 괜찮아져야지. 지금 아니면 언제 또 이렇게 너를 사랑하겠어. 이어짐은 늘 유약해서, 지금 아니면 모든 진심이 닿지 않을 수 있으리. 지금을 사랑해야겠어. 네 탓이 아냐. 사랑이 불안에 가까운 벅찬 나의 삶이 문제야. 정말 네 잘못이 아냐, 뭔가 쥐고 있으면 늘 악력이 부족한 사람이라 그래. 너를 불안해. 숨을 죽여 볼게. 산소통 하나 없이 잠수한 잠수부처럼, 쥐 죽은 듯 빠져들며 사랑할게.

사랑뵤으며

## 미안해, 사랑이야

잠 덜 깬 애틋한 목소리가 수화기 건너편에서부터 심장까지 일직선으로 꽂혔다.

"잠들었었어⋯."
"더 자."
"뭐야⋯ 잘게."

너무 귀엽고 감싸 안고 싶은 그이에게 괜히 떨떠름한 반응을 했다.

널 알고부터 사랑이 어려워, 내 삶은 덜컥 그래. 널 좋아한 이후론 끌리는 마음으로부터 어떻게 멀어질 수 있는가를 연습하는 것 같아. 넌 나에게 그런 마음이야, 두려워. 삶의 다정들은 늘 내가 염원하는 순간 도망갔고, 내가 감싸고 싶은 것들은 죄디 기시투 성이였거든. 널 이대로 사랑하고 끌어안는다면 난 또 아프게 될까. 어느 논점에 계속 의문을 던지는 과학자처럼 의심을 품어. 사랑을 알게 될수록 내가 작아져서 나는 그게 싫어. 언제부터인가는 사랑하기 두려워서 사랑을 외면하고 살아. 외면해서 멀어지면 전부 내 탓으로 남길 수 있어서. 괜히 사랑보다 중요한 무언가 내 삶을 막고 있다면서 그렇게 고집부리며 살아. 미안해, 이마저도 널 향한 나의 사랑이야.

애증

　　　　사랑과 증오는 관심이라는 면에서 같은 축을
돌고 있는 감정이라 생각한다. 관심이 있어야 좋아지고, 미
워지는 것이다. 어떠한 애정함이나 미워함이나 결코 관심이
없다면 불가능에 가까운 감정이라. 언제는 애증이란 말이
모순같이 느껴졌지만 숱한 관계를 이어가며 배운 것이 있
다. 사랑과 증오, 두 감정은 같은 고리의 축에서 다른 온도
로 빙그르르 대상을 공전하는 것이다. 미워하는 온도가 압
도적으로 낮으면 그것이 곧 증오요 다정함의 온도가 압도적
으로 높으면 그것이 곧 애정이라. 두 온도가 서로 경쟁이라
도 하듯 웃돌며 불타올랐다 얼었다 녹았다가 따뜻했다 하
면 그것이 애증. 모두가 오롯이 관심에서부터 비롯된 애틋하
며 안타까운 단어들이다.

　안타깝다. 아름답다. 정도의 간극이려나.

　당신을 미워해요. 그리고 사랑합니다. 두 단어의 거리가

제법 먼 것 같지만 아주 가까운 거리에서 자주 맴돌아요.
자주 맴돌면서 그쪽으로 애타게 향하고 있어요. 먼 시간을
지나 충돌할 모행성과 행성처럼.

우린 어쩌다 여기까지 온 걸까

무엇 하나 불행하기 위해 시작했을 리 없는데

## 관계의 지속

　　　　　오래 정을 나누었다는 것이, 서운함과 상처를 견뎌내야 함을 강요할 만한 이유는 되지 못한다. 만남의 지속 기간이 길다는 것이, 권태로움과 이기적임을 참아야 할 이유는 될 수 없다. 나는 그 어떤 말과 행동을 시간으로 무마하려는 관계가 가장 위태로운 것이라 생각한다. 사람과 사람의 이어짐에 있어 지속한 시간만큼이나 무서운 것이 없다. 행하는 쪽도 당하는 쪽도, 시간에 가려져 진실을 구별하기 어려운 정도로 마음의 달팽이관 같은 것이 기운다.

　잊지 말아야 할 것.
　사람과 사람 사이에서 중요한 것은
　지속한 시간이 아니라, 지속한 마음이다.
　관계에서의 방향은

얼마큼 함께 있었느냐가 아니라,

얼마나 앞으로의 미래를 그릴 수 있는가여야 한다.

"사랑 앞에서
맘에도 없는 말만 뱉다 끝나 버렸어"

괜찮아? 뭐가 그렇게 두려웠어. 어떤 말을 뱉었어? 그 말은 마음에도 없는 말이었어? 아님, 마음보다 더 마음속 깊이 자리 잡고 있던 진심 속에 숨겨진 진심이었어? 아, 말하기 벅차겠다. 뭐든 괜찮다. 아무리 두려운 마음에 진심 아닌 말을 뱉어도, 알아줄 사람 있을 것이니. 아무 말을 하지 않아도 다 느껴 주는 사람이 있을 것이라 믿고 너무 자책하지는 말자. 정말 이어질 사람이라면 지금 끊어짐이 외려 더 깊은 이어짐으로 향할 인연이라 믿고. 자신을 원망의 감옥 속에 가둬 두지 말고.

두려움을 이겨내 보려고 노력했을 너의 시간이 애달프다. 얼마큼 두려우면서도 아팠을까, 마음대로 안 되는 마음이 얼마나 져 버린 꽃잎 같았을까. 다 안다. 너의 두려움이 길지만은 않기를. 너를 향한 원망이 너무 잦지는 않기를. 따뜻한 오후의 햇살이 따갑지만은 않기를.

나의 행복을 바라거든

'우리 행복 하자.' 말해 주기를.

나의 행복만을 빌어 준다면,

당신이 선뜻 행복으로 나아가지 못할 거니까.

당신이 행복할 준비가 되어야

내가 다른 행복으로 나아가죠.

우린 말하지 않아도 알아요.

그러니 많은 이야기를 뒤로한 채로 꾹 참습니다.


"우리 행복 하자. 안녕."

## 봄이 옵니다

　　한겨울의 눈발처럼 쉽게 흩어지고 녹아 버린 수많은 약속들이 밉다가도, 아름다운 겨울이 영원할 거라 믿었던 내가 한심하다가도, 울면 안 된다고. 산타가 세상에 있을 거라 믿는 아이처럼 꾸욱 참고 숨겼던 사랑이 그리워지기도 합니다. 그러나 곧 봄이 오겠죠. 언젠가의 한겨울, 새하얗게 내리던 무수한 약속이 흩어지고 녹아 버렸기에 나에게도 봄이 옵니다. 그 덧없던 약속을 양분 삼아 기필코 나와 그대 마음에 파릇한 싹이 트기를.

　　봄이 온답니다. 입춘은 한참이나 지났는데, 겨울이 길어요. 날은 곧 따뜻해지고, 우리는 더 얼겠죠. 부디 잘 지내세요.

"잘 가요."

닿지 않을 안녕을 혼잣말로 되뇐 적 있다

절대 그에게 하는 말은 아니었기에

닿을 수 없는 안녕이었다

## 아직도 사랑이야

폭신한 눈밭에 누워서 까르르거리며 얼굴에 눈송이를 묻히곤 뒹구는 상상을 해. 햇살이 가득한 봄날에 돗자리 하나 깔고 누워서 한쪽 귀로 듣는 잔잔한 노래를 떠올려. 데워진 온수에 들어가 서로의 등을 맞대고 앉아 이런저런 하루를 풀어내는. 아직 잠들어 있는 너를 한참 동안 바라보다 주방으로 향해 함께 먹을 토스트를 만들어 놓는. 한쪽 어깨에 기대어 잠든 네가 깰까 영화 소리를 잔뜩 줄이는. 아파하는 너 대신에 장을 보러 간 마트에서 네가 가장 좋아하는 과자를 잔뜩 바구니에 집어넣는. 볼을 만지면 뾰루지가 올라오는 네 생각에 만지고 싶은 손 참고 참다 손등으로만 살짝 건드리는, 그런 행복에 푹 절여졌던 일상 말이야.

아직도 사랑이야.

사랑받으며

언젠가 신발처럼 사랑하고 싶다는

너의 말이 떠오른다

신발처럼 사랑하고 싶다고

어느 날 의류 수거함에 쓰여 있던 문구가

'신발은 짝을 묶어 버려 주세요.'였다는.


걸을 때도 함께 걷고 버려질 때도 함께 버려지는 그런

사랑은 없는 거냐고. 한쪽만 버려지고 끝나는 이야기가

환멸 난다고 그랬지. 나 아직도 기억해 그 말.

"미안합니다. 언제나 곁에 있어 주겠단 그 말, 언제든 떠날 수 있는 사람이라고 들려서. 그때 도망쳤어요."

## 아직도 나의 취향입니다

웰컴주를 주는 조용한 바를 좋아합니다. 이제야 오셨느냐며 나를 반기는 것 같아서 철새 같은 나의 걸음이 한동안 그곳으로 향하게 되는 거 말입니다.

아침에 일어나 도착해 있는 연락을 좋아합니다. 나의 어둠까지도 안아 주고 싶다는 마음 같아서 오물이 잔뜩 묻은 나의 하루가 씻겨 나가는 기분이 들게 해 주는 것들 말입니다.

에어컨을 잔뜩 틀고 두꺼운 이불을 덮는 것을 좋아합니다. 온기 하나 없는 새벽에 느끼는 사랑하는 이의 체온처럼, 채도 낮은 포옹 같은 것들 말입니다.

난 이런 소소하고 세밀한 것들에서 다정을 느끼는 사람입니다. 종종 기쁨에 무디다는 말을 듣지만, 무딘 게 아니라 외려, 이렇다 할 큰 선물보다 이렇다 할 거 없는 세밀한 일상에 눈길이 가는 사람. 너무 작은 것에서의 행복을 꾸려

가다 보니, 거대한 행복에는 선뜻 무감각해지려 하고 외려 두려움을 느끼기도 하는. 취향의 정도가 워낙 조밀해서 남들은 이해 못 할 구석에 머물러 있기도 하는. 작은 것을 기억하며, 추억하고, 안아 주고 싶어지는.

아, 이것 말고도 아주 오래된 취향이 많이 있어요. 이를테면 잠결에 오물거리며 내 이름을 부르던 그이를 아직도 기다립니다. 다정한 마음, 꿈에까지 스며들어가 함께 놀고 있는 애틋한 다정을 아직도 기다립니다. 시간이 꽤 흘렀더래도, 그쪽을 향한 취향은 쉽게 변하지 않습니다. 이 글을 보더라도, 연락은 하지 마세요. 오래 간직하고 싶은 나의 비밀스런 취향이니, 그대로 기다릴 수 있게 두어 주세요.

나는 사랑을 시작하려거든
네 생각이 가장 먼저 든다.
사랑으로 가기 위해 너는 정거장처럼
나에게 꼭 있다.

## 어땠을까

제발 가지 말라고, 나 없이 행복하지 말라고, 죽을 것같이 아프다고, 잊지 말라고, 다시 오라고, 그런 말을 해야 했었는데 행복하자고 둘 다 잘 살자고 덤덤하게 말하고 끝내 버린 사람이 있었다. 난 그게 성숙한 사랑이라고 생각했고 어른의 이별이라고 생각했다. 입 밖으로 터져 나오는 수많은 문장을 꾹 눌러 담았었지. 갠 잘 살라나. 난 잘 살고 있는 거겠지. 난 아직도 '그때 그랬었다면' 따위의 애틋한 의문을 품고 산다. 그때 한번 떼써 봤다면. 온 맘으로 붙잡아 봤다면. 용기를 냈다면, 우린 지금도 여전히 영원을 약속하며 세상을 여행하고 있진 않을까 하고. 여전히 아름다운 석양을 보며 너에게 아름답다, 말할 수 있진 않을까 하고.

예인아, 둘이 나란히 누워서 구멍이라도 난 듯 구름 한 점 없는 하늘과 바람결에 떨어지는 꽃잎을 바라보고 있을 때, 그때 나는 꽃이 떨어진다고 했는데 네가 옆에서 내 말에 묻힐 듯 나긋한 소리로 말했지. "꽃비가 내려."라고. 그 봄을 잊을 수 없어. 맞아, 그건 추락하는 것이 아니라 쏟아지고 있는 거였는데. 아니, 우리가 보고 있던 건 꽃잎이 아니라 청춘이었는데.

# 사랑받으며 사랑하기

"작가님은 젊은 날에 가장 잘했다 자부할 수 있는 일이 뭐가 있을까요?"

앳되어 보이는 한 독자는 나의 얼굴을 빤히 바라보며 수첩을 꺼내 든다. 내가 동경의 대상이라며, 작가님 같은 삶을 살고 싶다고.

나 별거 없는 사람인데. 글쎄…. 젊은 날에….

.
.
.

내가 뭘 했더라. 아, 분명 사랑을 주고받았었지. 그리고 헤어졌었지. 그리고 지금의 내가 되었지.

"그 사람에게 사랑받은 거요."
"그리고… 그….."

말이 다 끝나기도 전에 휘갈기는 글씨체로 적으신다.

「사랑받으며 살아가기.」

나는 아차 싶어 '살아가기'에 줄을 쫙 긋고, 삐뚤빼뚤 다시 적어 주었다.

「사랑받으며 ~~살아가기~~ 사랑하기.」

진정 어른          은                              이로운    골라내   과정

술한 지적                    염증 가득                    해답   되지 않

다짐   삶          지속해          아니 ,   직접 보고, 듣고, 경험

느껴짐만                    삶에                    어른이                    된다.

책              영상    지침보다도,          자신의                    방향을

귀      기울여                    틀렸음                    깨달   되는

울았음                    깊  인정하              는 것.

만족              타인              아닌      자신에게    나오는 것이다.

그 걱정  잠시만 멈추셔라

굳건하게 그러나 단단하게

# 결핍

　　　　아주 오래전에 든 생각인데, 세상은 모든 이
들의 결핍으로 움직인다는 생각을 했다. 필요나 수요 같은
것들이 공급을 만들고 그것을 다 채우지 못함에 효율적인
공정이 생기며 그것이 세상을 꾸준히 발전시키는 것처럼, 우
리가 가진 마음도 그런 거라고. 모두가 품은 결핍의 마음이
마음을 갈구하며, 그 일련의 주고받음이 이후의 삶을 꾸준
히 발전시키는 것이라고. 그래, 이기적인 것처럼 뵈는 나의
결핍도 자연스러운 과정일 뿐이라고.

　일차원적인 욕구에 이끌리는 마음 말이야, 누군가에게
꼭 그래 왔고 누군가에겐 내가 그 대상이고 그러더라. 예전
엔 결핍에 사로잡힌 나를 탓하며 나쁜 사람으로 몰아가기
바빴으나 이제는 안다. 그것만큼 자연스러운 이기적임이 없
다는 것을. 삶의 이면과 같이 느껴지는 껄끄러운 소유욕을
외면하지 말고, 마음의 지독한 가난을 부끄럽게 생각하지도

말고. 결핍에 구태여 인색하지 말 것이다. 아직 이해가 안 되더라도 믿고, 너무 멀리까지 던져 버리지만 마셔라. 삶의 어두운 면 또한 나의 지극한 일부임을 인정하는 것. 그것만큼 나에게 자연스러운 일이 없다는 것을 끌어안는 자신에 대한 이해.

내가 이끄는 마음에 인색하면 언젠가는 돌이킬 수 없이 고장 나는 것이 사람 마음이더라.

## 감정에 승복하는 삶

감정에 승복하는 다채로운 사람이 되고 싶다. 그러한 삶이 가장 빛나는 삶에 가깝다고 생각한다. 행복 앞에서 의연할 줄 아는 것. 미래의 불안에 겁먹으며 그 행복, 놓치지 않는 것. 슬픈 일에 대하여 감히 슬퍼할 줄 아는 것. 나는 괜찮아야 한다며 슬픔을 외면하지 않는 것. 눈앞의 찬란함이 두렵다며 스스로 놓는 일이 없는 것과 곧 다가올 무거움을 피해 삶을 거꾸로 되돌리려 하지 않는 것.

그러한 감정의 올곧은 받아들임 속에서 우린 웃고 울고 기대하고 실망하며 아프고 회복되기를 반복한다. 곧 성장한다. 감정에 승복하며 충실히 받아들이는 것으로부터 나는 성장의 디딤돌을 밟아 가는 것이다. 기쁜 일은 있는 그대로 즐기시고, 아픈 것도 있는 그대로 받아 주며 자신의 감정을 거부하지 마셔라. 눈앞의 안정과 불안을 거부하지 않는 것. 그러므로, 그 어느 날의 자신에게 후회스럽지 않기를. 그 어느 날의 내가 당연히 삶을 외면하지 않기를. 감정의 굴곡을 자꾸 깎아 내서 평탄하게만 이끌어 가지 마시기를. 자신의 삶은 상승 기류를 타기도, 아래로 고꾸라지기도. 그 숱한 온도 차의 틈 속에서 울고 웃는 게 당연한 것이 아니었음을. 찬란한 시간이었음을 깨닫는 것만큼 삶의 특권이 없는 것이다. 그런 불안정이 삶의 묘한 재미임을 인정하는 것. 다가오는 감정에 승복하는 자세만큼 다채로운 삶과 사람에 가까운 것이 없다.

## 마음의 차원

뒤엉킨 감정들이 나를 집어삼킬 때가 있다. 그럴 때, 나는 그 감정 외면하지 말고 들어 올려서 마주해야 한다며 기어코 도망가지 않는 편에 선다. 생각해 보면, 뒤엉킨 것들은 좁은 곳에 들어서면 더 엉키는 성질을 가지고 태어난다. 주머니에 들어간 이어폰 줄을 생각해 보면 알 수 있듯, 숨고 숨기면 더 꼬여서 풀 수 없고 옳지 못한 방법으로 잘라 버리게 되는 것이다. 과학적으로 차원이 하나 더 추가되면 꼬인 것이 잘 풀린다더라. 마음도 이와 같다. 외면하지 않고 마주하며 한 차원 더 성장해서 들어 올려야, 풀리는 것이라. 어렵겠지. 고통스럽겠지. 외면하고 싶겠지. 하지만 들어 올려서 마주 보아야 한다. 피하지만 마셔라. 숨기지만 마셔라. 감정은 기어코 바라보며 인정하고, 원동력으로 삼아 나아가야만 하는 것이다.

한 단계 성장한 마음의 차원은 때때로, 이해하지 못했던 과오까지도 감싸 안게 하는 것임을. 삶의 어지러운 감정에서 벗어나는 방법은 뒤엉킨 감정을 똑바로 주시하며, 되돌아올 불행을 다신 되풀이하지 않는 것임을.

수유역에 네 잎 클로버를 2천 원에 파는 아저씨를 알고
있다.
나는 행운을 2천 원에 살 수 있나요 물었는데,
대뜸 세 잎 클로버를 내미신다.

"이건 3천 원이에요."
"왜 천 원이 더 비싸죠."
"불행 값이에요. 행운은 조건 없이 오는 것이지만 행복은
누군가에게 나의 불행을 팔아야 오는 거예요."

무거워서 발걸음을 옮기지 못했다.
내 행복은 누군가의 행복을 짓밟고 일어섰던 것일까.

그 걱정

## 시간에 맡길 때

삶은 내 안에서 고집했던 고정 관념을 바꾸는 것의 연속이다. 그 말은 곧, 언젠가의 해답이 오답으로서, 언젠가의 오답이 해답으로서 생각될 때가 온다는 말이기도 하다.

삶은 정답이라 여겼던 것들이 오답일 수도 있겠구나 생각하는 과정이며, 답이 없던 것들에게서 명료한 해답을 찾아내는 성장이지만, 그 과정이 내 뜻대로만은 흘러가지 않는다.

우리는 먼 시간을 지나 그것이 옳았음을 부정하기도, 부정했던 것이 옳았음을 뒤늦게 인정하기도 한다. 지금 아등바등 노력해 봤자 이해 못 할 일들이 있고, 그저 흐르는 시간에 맡겨야 이해할 수 있는 일들이 존재한다. "흘러가는 대로 생각해." 이런 말을 건네긴 껄끄럽지만, 갖갖은 노력으로 해결되지 않고, 한없이 흘러가는 시간이 해결해 주는 것이 삶엔 종종 존재한다는 거다.

"시간의 힘은 내 생각보다 강하다."

좀 더 위로가 섞인 문장을 건네자면,

"내가 견뎌 낸 시간의 힘은 당장의 노력보다 강하기도 하다." 정도.

## 뒤처져도 된다


삶을 너무 어렵게 살지 마셔라. 누구보다 뒤처져도 된다. 그 누구보다 잘할 순 없음을 아주 잘 이해한다. 그러나 뒤처짐을 인정하고 편하게 도태되는 것만큼 내 선택과 젊음에게 미안한 것이 없단 건 기억하셔라. 이를테면 뒤처짐에 익숙해진다거나 도태됨을 인정한다거나, 나보다 누군가 더 멀찍이 나아감을 부러워만 한다거나 하는 것들.

뒤처짐은 늘 있겠지만, 받아들이면 안 되는 것이다. 어떻게 해서든 자신의 잘못으로 인정하고 질책하며 그것을 연료로 삼아 나아가야 함을 기억해야 한다. 뒤처짐을 인정하고, 조금 더 발악하셔라. 내가 졌음을 이해하고 다음엔 기필코 이기겠노라 다짐하셔라.

지친 당신이기에 지금만큼은 좀 뒤처져도 된다. 삶은 상대적이며 각자의 속도가 있기에 당연한 것이다. 그러나 그것을 쉽게 받아들이진 마서라. 그렇다면 내 삶은 뒤처지고 있는 매일밖에 없을 것이다. 누군가에게 뒤처진 모습으로 남아 있는 것이 당연한 그림이면 안 되는 것이다.

기억해야 할 것.

"뒤처짐은 네 잘못이 아니나, 그것을 당연히 여기는 순간 너의 잘못인 것이다."

## 어른이 된 나에게 미안해질 때

어른이 되면 멋진 사람이 될 거라고 기대했던 과거의 나에게 미안해질 때. 언젠가의 소망이 꼭 이루어질 거라 무던히 힘주었던 나의 노력이 산산이 부서지는 것 같아 후회될 때. 그때가 바로 미안하다는 말 대신, 후회의 한숨 대신, 그때 믿어 주고 기대해 줘서 고맙다 생각하며 또다시 멋진 사람으로서 발버둥을 시작해야 할 단계 아닐까. 모두가 다른 곳에서 다른 시간에 태어나듯, 멋진 사람과 멋진 어른의 기준도 다 다른 것이니까. 누구와 비교하며 나를 비난하기보다 어제의 나 자신과 나를 비교하며 성장했노라, 다시 나아가자며 응원 아닌 채찍을 건네야 할 때 아닐까. 난 내가 나를 그런 멋진 어른으로 견인할 수 있기를 바란다. 미안해하지 않기를 염원한다. 멋진 미래를 그려 왔던 나에게 고마워하는 삶이 되기를 애타게 소원하며. 우리의 다짐은 아직 살아있음을 기억하며. 모두가 저만의 어른으로 향하는

그 각짐

미완의 삶임을 늘 잊지 말고.

　"늦은 때는 없음을. 모든 과거를 과오로서 비난만 하지는

말기를."

지향한다 지양한다

삶의 긍정과 부정은

기껏해야 두 획 정도의 차이임을 깨닫는다

그러나 그 간극이 멀고도 깊다는 것까지

# 나만 알아주면 되는 거 아닌가

난 차려입고 먹는 값비싼 레스토랑의 스테이크보다 거적때기 옷을 걸치고 편하게 먹는 라면을 더 좋아하는데, 좁은 방 안에서 라면을 먹는다 하면 주변인들이 초라하게 보는 거 같아서 무엇을 먹었다는 말을 아끼는 편이다. 아, 좁은 방 안. 큰 집이 싫다. 일부러 원룸, 투룸만 골라잡는다. 좁은 공간을 거창하지 않게 꾸며 놓고 나만 아는 놀이를 즐긴다. 청소하기가 귀찮다. 자고 일어나면 내 숨이 내뿜은 텁텁한 냄새를 즐기는 편이기도 하고. 비 오는 걸 좋아한다. 비 냄새를 재현한 향수가 나오면 매일 껴안고 살고 싶을 정도로 꿉꿉함을 즐긴다. 흐린 채도와 처마를 연신 두드리는 감정의 고꾸라짐을 사랑한다. 사연 있는 드라마의 주인공이 된 것처럼 무언가를 그리워하는데, 꼭 그러면 행복하지 않은 사람처럼 여기서 뭐 하냐는 말엔 적당히 답을 피하는 편이다. 편한 게 초라한 건가? 좀 좁은 게 못사는 건가? 우울한 게 불행한 건가? 아무렴 뭐 어떨까. 나만 좋으면 되는 거 아닌가. 내가 유일하게 다정을 줄 수 있는 것들인데. 나만 초라하지 않으면 되는 거 아닌가. 나만 알아주면 되는 거 아닌가.

# 걱정 벌레

난 때때로 삶을 지지하는 것이 고민과 걱정이라는 것을 알지만, 그것이 곧 삶을 좀먹는 벌레라는 것 또한 늘 의식하며 경계하는 편이다. 고민과 걱정은 마음 안에서 나의 여유를 먹으며 자라난다. 마음에서 여유가 바닥나면, 앞날의 여유까지 갉아먹는다. 그래서, 자꾸 일어나지 않을 것들이 눈앞에 일어날 일처럼 느껴지고, 안절부절못하게 되는 것이다. 뭐든 적당히가 중요하다지만 고민과 걱정만큼 적당히가 중요한 것이 없다.

사유하고, 생각하라. 염려하고 불안하라. 그러나, 그것이 당장의 행동으로 이어지지 않을 것들이라면 그만두어야 한다. 그건 적당히를 모르는 것에 가까운 고민일 것이다.

당신은 충분히 강한 사람이나, 당신의 마음 안의 걱정 벌레가 자꾸 당신의 온화를 갉아믹어 연약이리 는 앙상한만을 남긴다. 당장 행동으로 옮겨 상황을 바꿀 용기가 있지 않다면, 그 걱정 아주 잠시만이라도 멈추셔라.

## 잊지 말라

미련했던 과거에 붙잡혀 바로 앞을 바라보지 못함이 얼마나 어리석은 일인가를 이제는 안다. 찬란했던 과거를 자랑하며 미약한 회구함을 가지고 사는 것이 얼마나 의미 없는 삶인가를 이제는. 힘겨운 오늘을 못 이겨 내일의 아침까지 저주하는 것이 얼마큼 가여운 일인가를 이제는. 무거운 눈꺼풀을 이끌며 잠 못 이루는 모든 감정들에게. 모두에게 한창이 있고 저무는 때가 있는 것이기에. 가지는 때가 있고, 소실할 때가 있는 것이기에.

상승, 하강하며 지나가는 것이다.

잊지 말라. 거기 죽어있는 건초도 언젠가는 초록이었다. 누군가는 삶을 다해 곧 저물어 가는 단풍이 가장 화려한 시기이다. 너, 거기 피었던 꽃임을 안다. 그리고 곧 맺게 될 열매임을 안다. 속절없이 흐르는 시간이 말한다. 곧 저물어 갈 낙화임을 알고 있어야 한다고. 뿌리 내릴 씨앗임을 기억하며

그 걱정

살아야 한다고. 벼락이라도 맞은 듯 민둥한 옷가지 벗은 저 나무도 한창 뿌리 내렸던 나무임을 안다. 다 잘려 나가 나이테 훤히 보이는 가로수 또한 누군가의 그늘이었음을 안다.

지나갔던 모든 찬란과 미열에 대해. 앞으로의 모든 빛과 석양과 어두운 새벽에 대해.

잊지 말고 알고 알아야 한다. 영원한 것 하나 없이, 그럴 때만이 있는 것임을. 젊음도 한때이며, 무너짐도 한때이며 찬란함도 한때이며 인고의 시간도 한때임을. 다시, 잊지 말라. 영원히 무너지지도 찬란하지도 않을 것임을.

## 우연한 사고였다는 유연한 사고

보통 누구에게나 한 번쯤 일어날 법한 일이지만, 하필 나에게 이런 일이 일어났을까 하는 순간이 있다. 소중한 사람이 나에게 몹쓸 짓을 하고 돌아서거나, 믿었던 사람에게 발등이 찍히는 일. 하필이면 이럴 때에 삶의 악재랄 순간들이 연속으로 들이닥친다거나, 어이없이 포기해야만 하는 아쉬움 가득한 일이 생긴다거나. 그럴 때 많은 이들이 나에게 대단한 불행이라도 온 듯 앓아 가며 그 이유를 찾는다. 그래서, 왜, 얼마큼, 도대체, 하필, 지금 그래야 하지? 따위의. 난 그럴 때면 우연한 사고일 뿐이라는 유연한 사고를 가지려 애쓰는 편이다. 그리고 아픈 만큼만 아파한다. 그 이상의 고뇌는 나의 삶에 도움이 되지 않는 것이라. 어쩔 수 없었던 운수일 거라. 그것은 대단한 불행이 아니라, 조금 불운했을 뿐이라고. 운이 없었다. 그러니, 우연한 사고 정도라며 나의 마음을 유지시킨다. 그것이 내 삶을 전복할

사건은 아닐 거라, 마음의 안정을 취하는 것. 그저 누구에게나 일어날 수 있는 일이라고. 드라마틱한 일이 아니라고. 모두에게 사연은 있고, 나도 그 중간에 서 있을 뿐이라고. 그렇게 생각하며 나의 세계를 조금 더 관대한 곳으로 옮겨 놓는다. 이유를 댈 수 없는 것은 그렇게 넘기는 편이, 나를 지키는 방법 중 하나이다. 때때로 삶엔 설명할 수 없고 이해해서 넘길 수 없는 불운이 가득하니.

## 나다움

　　나의 마음이 나에게 향해 있을 때, 사람은 그 무엇도 대신할 수 없는 완전한 안정을 누린다. 내 삶을 지지해 줄 무언가에 기대지 않은, 온전한 안정. 내가 나에게 기댈 줄 아는 평온함. 타인이 내는 소음 속에서도 나 자신의 목소리를 잊지 않는 것. 내가 유독 초라해 보일 땐, 잠시 눈 돌리며 주변의 풍경이 아름답다는 것을 기억만 하시면 된다. 그 이상의 참견이라거나 자기 폄하는 마음에서 거절할 줄 아는 것. 삶의 숱한 파도와 거친 바람 속에서 나 자신의 마음에 닻을 내려 굳건히 자리 잡을 줄 아는 것. 무던히 흔들릴 것이나, 결코 부서지지 않는 마음과 침수되지 않는 시선을 가질 수 있는 것. 나다움. 가장 어려우면서 유연한 삶으로 가는 가장 최선의 방법. 그러나 그러므로 그렇지만, 나다움을 지켜내는 삶. 얼마나 아름다우면서 첨예한 삶의 방식인가.

누구나 머리 위에 자신만의 우주를 떠올리며 살고
마음엔 자신만의 바다를 안고 산다
발아래엔 자신만의 광야를 밟고 있으며
코끝엔 자신만의 꽃밭을 느끼고 있다
손끝은 자신만의 나비를 좇고 있고
등 뒤론 자신만이 아는 그림자를 그리워하고 있다
누구나 자신만의 세계를 가지고 있다

## 내가 된다

내가 먹은 것은 내 몸뚱이가 된다. 내가 사랑한 것은 나의 내일이 된다. 내가 해 낸 것은 나의 이름이 되며, 내가 가져온 것은 나의 자랑이 된다. 내가 생각한 것은 나의 마음이 되고, 내가 내뱉은 것은 나의 뒷모습이 된다. 전부 나에게서 나오고 받아들여서 내가 된다. 내 주변이 되고, 내 시간이 된다. 무엇 하나 아닌 것이 없다. 내가 준 상처도, 받은 마음도, 곁눈질한 눈길도, 삿대질한 손가락도 돌고 돌아서라도 기필코 나에게 돌아옴을 기억하며 살아갈 것. 나의 지금이 곧, 언젠가의 나에게로 나를 이끎을 잊지 말고 살아갈 것.

## 중요한 건 꾸준한 자기다움이다

난 삶을 유연히 지속하는 비법이 갑작스러운 성공도, 시련을 거듭해 얻은 통찰력도, 많은 주변인의 지지도 아니라 생각한다. 가장 중요한 건 꾸준한 자기다움이라. 거듭한 오르막과 내리막 사이에서 흔들릴 수 있으나, 그 언제나 그랬듯 자기다움을 지킬 수 있는 의연함. 나를 잠시 벗었다가도 언제 그랬냐는 듯 다시 나로서 돌아올 수 있고 들어올 수 있는 자기 의지. 어지러운 삶의 연속성 안에서 자신의 방향을 언제나 마음으로 기억하는 것. 나를 잠시 버리다가도 귀소 본능이 있는 것처럼, 내 안으로 나를 감싸 안는 것. 내가 나를 잃어버리면 그 어느 성공도 시간도 인연도 소용없는 거라. 나 자신을 잃어버리면, 손에 쥔 많은 소중한 것들이 제 것이 아닌 거라. 결국은 쓸모없는 허울을 좇기 위한 노력과 그 결과일 것이다. 나 자신이 내가 아닐 때만큼 초라해지고 무너지기 쉬운 것이 삶이라는 거라. 가끔 뒤처지더라도 반드시, 마음은 자신에게 향해 있어야 한다.

"중요한 건 꾸준한 자기다움."

# 목격자가 나 하나뿐인 이야기

목격자가 나 하나뿐인 이야기를 여러 이들에게 하고 다니는 것만큼 나를 좀 먹이는 일이 없다. 특히 부정적인 순간들에 대해서. 순간의 감정에 취해 꺼내 든 이야기는 모든 상황을 다 전할 수 없을뿐더러, 이야길 반복할수록 화만 쌓이게 된다. 먼 후에, 내가 잊게 되더라도 그 이야기를 아는 이들이 생기는 것만큼 나를 지긋지긋하게 괴롭히는 일이 없는 것이다. 정말 답을 얻고자 함이 아니라 울분에 못 이겨 내뱉은 말들은, 옳은 분출이 아니란 것. 순간의 감정에 못 이겨 이야기를 남발하지 말 것. 난 언젠가 많은 이들에게 이야기를 푸는 것이 내 화와 울분을 없애는 방법이라 생각했다. 그러나 그건 없애는 게 아니라 나 아닌 많은 이들이 오래 기억하게 하는 최악의 방법이었다는 것을. 그때의 감정은 사그라지더라도 이야기는 오래 남기는 방법이라는 것을. 삶의 부정은 내가 갈아

마셔야 하는 것이라, 그 누구에게 토해 내 봤자 그 역한 기
분만 오래 유지되는 것이라.

## 해야 한다

　　"자존감을 올리는 방법 좀 알려 주세요."라는 질문을 꾸준히 받는 편이다. 난 그 질문을 받을 때마다 방향이 아주 틀렸다 생각한다. 그 이유는 자존감 올리기에 대한 방법을 묻는 것에서부터 시작한다. 자존감을 올려 보겠다 백날 다짐해도, 지금 일단 뭔가 행하고, 무엇과 주고받으며 또 무너지고 그걸 이겨내고 결국 성취하는 이들의 발끝에도 못 다가간다는 것이다. 결국 발걸음을 옮기고 꾸역꾸역 폭풍과 파도를 견딘 이의 마음이 단단해진다. 그리고 그 단단해진 자신과, 붙은 마음의 근육을 보며 나는 더 성장한다. 그 성장을 받아들이는 것. 과정을 되돌아보며 지금의 나를 인정하는 것. 또 부족함을 알아서 다시 나아가려는 것. 그것이 우리가 애타게 알고 싶어하는 자존감 올리는 법의 본질이다. 올리겠노라 속으로 만 번을 생각하고 질문해도 결과는 달라지지 않는 거라. 일단 해야 한다. 그리고 넘어져 봐야지. 그럼에도 나아가야 하고. 사실 방법을 알고는 있으나 자꾸 외면하고 쉬운 방법만을 찾는 것이다. 무언가 행하기보단 다짐하기 정도로 대체하여서 자존감을 올리려고 발버둥치는 것이다. 잊지 말아야 할 것. 애달프게도 우리의 삶은 생각과 다짐만으로 이루어지는 것이 하나도 없다는 것을. 일단 해야 한다.

예전에는 삶이라는 건 긴 터널을 죽어라 달리며 출구를
찾는 싸움인 줄 알았지만, 삶은 길고 어두운 터널 속에
서 익숙해지며 성큼성큼 발걸음을 옮길 수 있는지의 싸
움이더라.

## 성실 중독

　　아주 오래전 일이야. 어린 시절 멋도 모르고 회사에 다녔을 때의. 그곳엔 만년 대리로 있는 경력이 충분하나, 과장도 차장도 달지 못한 어른 같았던 선배가 있었어. 많은 이들이 그를 미련하다며 뒤에서 손가락질했지만, 그는 늘 자신이 쏟은 시간이 보상해 줄 거란 생각으로 열심히 임했었지. 난 그의 성실함이 부러웠다. 다부진 성격 또한. 나에게 늘 힘들지? 물어봐 주었던, 그 따뜻함 또한. 하지만 이제 기억에 남는 건 그 선배의 어쩔 수 없는 성실함 뿐이야. 해야 할 일이 있다면 늘 밤을 샐 각오로 남들보다 늦게까지 남아서 일을 했는데, 일찍 들어가는 과장님의 말이 깊은 마음속에 남아있지 뭐야. "김대리, 또 밤샐 생각하지 말고 빨리 끝내고 갈 생각으로 해. 고작 그거를 밤새 붙잡고 있으려고?"

무능이 익숙해지면, 성실 중독에 걸리는 걸까. 그리고 그 성실함은 성실함보다 아집에 가까울 때가 많다는 것까지. 무능함을 뚫고 어떻게든 해내야겠다는 생각보다, 시간이 보상해 준다는 생각을 하는 것이 사람이라 생각이 들더라. 이제 생각해 보니 말이야. 물론 어딘가 도착하는 것에는 시간이 필요하지. 하물며 물을 먹으려 정수기에 이동하는 시간조차 그에 걸맞은 시간이 필요하니까. 그러나, 뛰어서 일찍이 도착한 사람은 일찍 물을 마시고 다시 힘을 얻고 쉼을 취하는 것이라. 중요한 건, 성실할 때 가쁘게 성실하고 충분한 쉼표를 건네주는 거라. 죽어라 성실하기만 하면, 쉼이 없으며, 쉼이 없는 삶은 나의 힘을 지속할 재간이 남아나질 않는다는 것. 그것만큼 위험한 게 없다는 걸 이젠 알아. 쏟아 낸 시간이 모든 걸 보상해 주지 않는다고. 삶의 결과는 아이러니하게도 선택과 집중을 한 이의 편에 선다고. 인생은 동화와 달라서 토끼와 거북이의 경주에서처럼 토끼가 쉽게 한눈팔고 잠들지 않는다고. 그때 그를 인정했던 나는 어딜가고, 세상은 너무 가혹하기만 해서.

그때 여리고 어렸던 나에게 잘해 주셨죠, 좀 컸다고 이렇게 생각해서 미안합니다. 그치만…. 아니, 하지만이 맞습

190

니다. 하지만 이젠 세상을 너무 많이 알아 버렸습니다. 지금은 당신도 그때의 당신이 조금은 미련했다, 여기시는지요.

# 삶의 열쇠

나는 삶을 살아가며 숱한 배움의 고리에 놓여 있다는 걸 알지만, 이젠 내가 배우고 있는 것이 맞는가에 의문이 들 때가 있다. 아주 어릴 땐 사람을 상냥하게 대하라 배웠고, 음식을 남기지 말아야 한다고, 또박또박 내 마음을 있는 그대로 전해야 한다고, 또 먼저 사과를 하고 양보를 해야 한다고 배웠지만 왜 그래야 하고 어떤 사람에게 어떤 상황에서 그래야 하는지를 배우지 못해서 손해 본 것들이 한둘이 아니었다. 친구를 잘 사귀라는 말이, 누구에게나 선뜻 손을 건네라는 말이 아니었는데. 어떻게 사람을 잘 걸러야 하는지는 알지 못한 탓에 나쁜 친구들과 어울려 지냈던 기억. 웃어른을 공경하라는 도덕책의 말과는 다르게 그들의 불친절에 염세적인 태도를 취하고 싶은 나는, 잘못 자라나고 있는 것일까.

세상이 알려준 대로만 성실히 행한다고 해서 나는 잘 살아 내고 있는 것일까에 대한 의문. 그렇게 어린 청춘들은 성인이 되었고 다시 어른이 되어 도돌이표 행하듯 배우고 있다. 삶은 이렇게 살아 내는 거라고. 그러니 불만족스러운 하루가 쌓여 가고 우울이 늘어만 간다. 내가 살아 내고 있는 것이 맞는가에 대한 의문은 해소되지 않고 꾸준히 쌓여 간다.

진정 어른이 된다는 것은, 그러한 배움의 굴레 속에서 나에게 이로운 것을 골라내는 과정이다. 숱한 지적과 배움이 염증 가득한 삶에 대한 해답이 되지 않을 수 있으니. 어깨너머 배운 것에 대한 다짐은 비옥한 삶을 영위케 하는 수단이 아님을. 내가 직접 보고, 듣고, 경험한 것에서 나오는 느껴짐만이 나의 삶에 걸맞은 형태로 나를 지지한다. 어른이 된다는 것은 그런 것이다. 수만 권의 책이나 동기 부여 영상이나 선배의 지침보다도, 스스로가 행함으로써 자신의 옳은 방향을 알아 가는 것. 당신이 당연히 부정하고 있는, 내면의 소리에 한 번 귀 기울여 주는 것. 그리고 그것을 행해 보고, 틀렸음을 아주 깊이 깨닫게 되는 것. 아니면 그게 옳았음을 깊이 인정하게 되는 것.

만족하는 삶의 열쇠는 타인에게서가 아닌 오직 나 자신
에게서 나오는 것이다.

## 나를 사랑하기

　　자신을 사랑하는 것은, 대담한 자기 비판과 과오를 있는 그대로 받아들이고 그것을 다신 범하지 않으려는 실행에서 나온다. 그 어느 주문도, 주변인의 지지도 아니다. 오직 나만 알고, 나만 행할 수 있는 그 인정과 실행을 반복하면서 자신을 믿게 되고, 나아가 감싸 안을 줄도 아는 것이다. 무수한 인간관계처럼, 나와의 관계 또한 행한 것의 인정과 사과 그리고 용서 그리고 다시 믿음의 반복으로 꾸준히 회복되어 가고 단단해지는 것이다.

　　나를 사랑하자 백번 다짐해도 진정으로 나를 사랑할 수 없는 것은, 사랑이라는 단어가 친근하게만 느껴지기 때문이라. 사랑은, 때론 가혹한 것임을. 부디 자신의 허물을 있는 그대로 받아들이고, 삶의 연료로 이용해 갈 수 있기를. 나를 감싸 주는 것 이전에, 나의 내면에 솔직하고 인정하며 그 부족함을 무던히 고쳐 나갈 것.

무엇이든 너무 다정하기만 하면 외려 미워하게 된다. 애틋한 감정 안에 적당한 미움이 섞여 있어야, 온전한 사랑이 되는 것이다.

## 당연한 삶의 비밀

무엇을 열심히 하고 애타게 꿈꾸는데, 잘 안 되는 사람을 삶에서 몇몇 보게 된다. 그런 사람들의 특징은 대개 너무 부정적임에 치우쳐 있다는 것이다. 어느 정도 최악의 사태를 예견하는 것은 이롭지만, 절대 일어나지 않을 일들까지 떠올리며 부정적인 상황에 잠식되는 시간은 하루를 망친다. 그리고 그 하루는 한 달의 부정이 되며 한 달이 모여 일 년이 되는 것이다. 생각은 곧 에너지고, 부정적인 망상은 블랙홀과 같아서 아무리 휴식을 해도 나아지지 않는 삶이 되는 것이다. 삶 전체가 밑 빠진 독이 된다.

과한 기대는 지양하고 심한 망상을 펼치지 않는 것. 무언가를 더하기보다 덜 하는 것. 적당히 예견하고 적당히 예민할 수 있는 것. 삶을 유연하게 지속하는 방법이다.

마음　　　최선　　　　　　　이고　　　잡고　　　선뜻　　　　보내야　　　면


　　　　주는　　　힘들면　　　　티 낼　　　　　　화나면　　　선을


　서운　　　　　하며,　　　　마음　　　털어낼　　　있는


　아프면　　　엄살　　　　사람　　힘없이　　　　　　나　　아프게　　말라


쏟　　는 사람.　　　　　어렵　보단, 두렵　－　　　　왔다.


　　　　순간　　　외면　쉬운　　　　　　　　　세상이 잘못　　가는 걸까,


내가　　　가고　　걸까.　　　해답이　　있을까.　　　난


아직 내가　　　　　　　　　　두려워서　　　　그림자 달고 산다.

삶이　먹구름이야

천천히 그러나 단단하게

## 만남이 유독 깊은 사람들

한번 열린 마음이 도통 닫힐 줄 몰라 하는 사람들이 있다. 모르는 누가 보기엔 감정이 없는 사람인가 싶은 정도로 마음을 주고받음이 고장 나 버린 사람들. 자신만의 선이 확실해서 냉혈한으로 비치지만 선 안에 들인 사람들에겐 그 어느 햇살보다 따뜻한 사람들. 한번 정을 줘 버린 대상을 끊어 내기가 목숨을 끊어 내는 것처럼 마음이 아파서 이젠 스스로 얼어 버리기로 마음먹은 사람들. 사랑하는 이들이 자신의 살을 파고드는 상처를 주어도 쉽게 미움을 주지 않는 사람들. 봤던 영화를 여러 번 보는 것에 익숙하거나, 좋아하는 노래는 도입부만 들어도 알아챌 정도로 반복해서 듣는 사람들. 좋아하는 책이 있다면 주변인들에게 다 선물할 정도로 자신의 세계를 공유하고 싶지만 받는 것에는 미안해서 어쩔 줄 몰라 하는. 그런 수준의 다정을 주고받는 것이 좋지만, 스스로 닫히지 않는 마음이 이젠 너무 무서워서 마음의 문에 자물쇠를 잔뜩 달고 사는 무거운 사람들. 만남이 유독 깊은, 그래서 안타깝고도 사랑스러운. 겉으로 보이는 음침한 마음을 버리지 못하는, 속사정은 햇살보다 따사로운 사람들.

만나자마자 얼마 지나지 않아

이 사람, 좋아할 것 같다.

생각한 사람이 있었다.

마음은 그 말이 울 일이 많아진다는 뜻인 걸 눈치챘는지,

알아서 도망치기를 권고했다.

좋아할 것 같아, 울 일이 많아지겠지.

삶이

## 잠이 오지 않는 밤

정말 용기 내서 감정에 솔직했는데 이루어진 것보다 놓친 것들이 많아졌던 경험, 좀먹은 이불처럼 켜켜이 쌓인 탓에 이젠 솔직해야 할 때 매번 솔직하지도 못하고. 나도 내 마음을 잘 모르겠는데 누가 날 알아 가고 싶을까 싶고. 괜히 궁금해진 그이의 소식을 보며, 여전히 잘 지내시나. 잠이 오지 않는 깊은 밤 한가운데서 유영한다. 고요했으나, 잔잔하진 못했다. 수면제에 취해서 아롱거리는 것처럼 마음은 빌빌대는데 속도 모르고 감기지 않는 새벽이 길다. 모든 버튼이 폭탄처럼 느껴져서 괜히 후회할 짓 할 것 같은 손가락은 제 갈 곳 못 찾아 위태롭고. 눈 뜨고 놓아 버린 아쉬운 사람들과, 오라는지 가라는지 모를 떠난 이들의 손짓이 아직도 눈에 선명해서, 꿈에라도 나오면 모두 꽉 안아 버리고 싶은 나약한 마음. 나는 무엇을 아쉬워하고 무엇을 그리워하는지. 태엽 감듯 지난 과거를 되돌아봐도 고장 난 걸

음걸이처럼 제자리걸음인 나의 상황은 늘 시끄럽기만 하고. 세상은 이토록 넓고 다들 잘 나아가는 거 같은데, 나만 유독 쳇바퀴라도 밟고 허우적대는 사람처럼 고작 힘겹게 제자리를 유지하고.

새벽이면 난 너를 안았다가 걷어찼다가

곧 떠나갈 것들의 불안을 허물없이 사랑했다가

감정에는 냄새가 있어. 알아? 난 네 차 안에 들어서면 나는 쿰쿰한 냄새가 궁금했어. 그건 아마 네가 뱉은 우울일 거야. 나 또 네 생각에 우울하다.

## 나의 그림자가 나를 대신할 때

　　　　　마음에 있어 최선을 다해 그럴 수 있는 사람이고 싶다. 잡고 싶으면 선뜻 잡고, 보내야 할 때면 그럼에도 웃으며 보내 주는 사람. 힘들면 힘들다며 티 낼 수 있는 사람. 화나면 굳은 표정으로 선을 그을 수 있는 사람. 서운하면 서운하다고 말하며, 속에 있는 마음을 다 털어 낼 수 있는 사람. 아프면 아프다고 엄살도 부리고, 아프게 하는 사람에게 힘없이 두들기며 나 좀 아프게 하지 말라 쏟아 낼 수 있는 사람. 솔직하기가 어렵다기보단, 두렵다는 감정에 가까웠다. 내 마음에 충실한 순간 그 무엇에게 외면받기 쉬운 세상을 겪어 왔으니. 세상이 잘못 돌아가는 걸까, 내가 잘못 나아가고 있는 걸까. 무엇 하나 해답이랄 게 있을까. 난 이 나이가 돼서도 아직 내가 나이기 두려워서 자꾸 안면에 그림자를 달고 산다. 늘 나의 앞을 피곤한 그늘처럼, 내가 지어낸 거짓이 대신하고 있어서. 진실한 마음을 구분하기 어둡다.

그 무엇보다 나의 삶은 사랑 그리고 사랑 아닌 것들로
가득하지만
자꾸 외면하고 외면당하는 것만 같을 때가 있다
그래서 더는 껴안기가 두려웠다고
일기장에 적어 두었다

## 밤이 되어서야 그게 밝았음을

예전엔 소중한 것은 언제나 나를 떠나간다는 생각을 했는데, 정신 차려 보니 떠나간 것들이 소중해지는 거더라. 사랑은 늘, 그땐 아니었다고 생각했는데 떠나보내고 나면 사랑이었노라 뒤늦은 깨우침이 있는 거고. 젊은 날에 젊음을 모르듯, 모든 빛나는 것들이 다 그렇더라. 지나고 떠나고 없어진 후에야 아, 그거였구나 싶은 것들. 내 삶을 밝혔던 것들은 왜 죄다 밤이 되어서야 그게 밝았음을, 미리 알아차리지 못했나. 난 아직도 어리고 여려서 좀처럼 알 수 없는 삶의 모순을 견디기 힘들다. 가시가 가득한 나무들 사이로 잃어버린 그때를 찾아 나서는 아픔들뿐이야.

어떤 이의 말은

입안에 오래 남아

단물 빠진 껌처럼 질겅질겅 씹다가

텁텁해진 마음에

그대로 삼켜 버리게 된다

나만 잊으면 세상에 없어질 말

차마 뱉어 내진 못하고

## 포기하는 마음

마음이 가난한 어부는 알을 품은 고기를 놓아주지 못하는 것이라, 포기하고 놓아주는 애달픈 마음을 생각하면 그만큼 마음이 꽉 찬 사람이라는 것을 아주 잘 안다.

세상과 관계를 너무 경험해 버려서 이젠 놓아줄 수 있고, 보내 줄 수 있는 그 미약하면서 넓은 마음.

그러니 누군갈 제 손으로 놓아 떠나보낸 적 있는 아쉬움, 너무 외롭고 고독하게 생각하지 말기를.

인생은 꼭 부메랑과 같아서 내가 준 상처가 나에게 돌아오기도 하지만, 우리의 아름다움을 위해 놓아준 행복 또한 다시 나에게 돌아온다는 것을. 부서지는 파도가 모래 알갱이를 가져가지만, 또 다른 파도가 그만큼의 알갱이를 가져올 것을 믿고. 그만큼 성숙한 사람이 되었음을 이해하며, 나의 삶을 구석으로 몰아내지 말고.

가장 아름다울 때를 알고 영원의 기억 속에 담아 둘 용기가 있는 당신의 넓고 성숙한 마음이, 누군가는 이토록 부럽다.

모든 행성에는 중력이 있대

밖에 있으면 끌어당기는 건데

안에 있으면 나를 짓누르는 힘

난 꼭 사랑이 그래서 끌리기 두려워

보이지도 잡히지도 않는데 자꾸 이끌리고 이내 짓눌러

## 그러니까 사랑이 온다

　　누군갈 맘에 두면 나란히 있고 싶은 맘과는 다르게 도망치고 싶어지는 사람들이 있다. 옆에 서서 걷다 보면 그 사람의 발걸음에 발을 맞추다 혼자 걷는 법을 까먹어 버린다거나, 앞에 두고 밥을 먹는 것이 익숙해지면 혼자 밥 먹는 것이 왈칵 겁나는 사람들. 오래된 안착보다 불안전한 멀미 같은 삶이 익숙해서, 상대에게 멀어지며 나름의 슬픔을 즐긴다거나 맘에도 없는 말을 툭 내뱉으며 자신이 외려 상처와 괴로움을 다 안고 가는 이해 못 할 행동과 마음을 가진 사람들이 꽤 있다. 맘속 깊은 흉터를 지녔거나, 누군가에게 너무 깊은 상처를 남겨서 무언가 자꾸 무섭고 두려워서 회피하는 것처럼 보이지만, 그마저도 기필코 좇아 가고 있는 과정에 서 있는, 사랑에 진심인 사람들. 비정상으로 보이겠다만, 누군갈 향한 애정을 허투루 쏟아 내 본 적은 없는 것이 외려 정상에 가까운 사람들이다. 고장 난 방향키처럼 마음을 영점 잡기 힘들지만, 누군가로 향한 마음만큼은 절대 가볍게 눈 돌리지 않는.

난 그런 사람들의 사랑을 응원한다.

바람에 쉽게 흔들리며 꺼지지 않는 촛불처럼 금세 식을 눈물을 흘리며 자신을 갉아 먹곤 상대를 밝히는 그들의 애틋한 다정함을 지지한다. 그러니 스스로 깊은 우울에 잠식되어 빠지지만 말아라. 거지 같은 감정이라며 깎아내리지 말아라.

"그럼에도 가까이 다가갈 사랑이 온다."

꼭 밝고 긍정적인 이유만이 사랑을 대변할 수 있는 것은 아님을 이제는 안다. 사랑은 어쩌면 우울함과 짙은 뻘에 가까운 형태임을 이제는 안다.

아니, "그러니까 사랑이 온다."에 가깝달까.

그러니까 사랑이 온다.

"누가 더 행복해지는지 대결할까?"

"기간은?"

"네가 행복해질 때까지."

## 준비되지 않은 불행

　　오래 키운 강아지가 늙었다며 걱정을 달고 살던 친구가 있었다. 매일같이 병원 치료를 다니면서 이젠 마음의 준비를 한다던. 어느 날은 전화가 와서 엉엉 운다. 갑자기 무지개다리를 건넜단다. 자고 일어나 보니 갑자기 숨을 쉬지 않고 축 늘어져 있었다고. 갑자기. 그토록 준비하던 그가, 갑자기라며 불안과 우울함에 치를 떤다. 갑자기라는, 그 말을 들으며 생각했다. 모든 불행은 갑자기 오는 게 아닐까. 알아도, 준비해도 덜컥 오게 되는 거. 그래야 맘이 편해서, 알면서도 아무것도 못 하는 자신을 미워하기 싫어서 그리고 한심해지기 싫어서. 내 힘으로 막아 낼 수 없는 것들이 세상엔 아직 너무 많아서. 우리는 아마도 그런 것들을 불행이라고 부르는 거 아닐까. 모든 불행은 준비되지 못하고 갑자기 온다. 그건 나의 불찰도 아니요 미련함도 아니다. 마음이 그렇게 믿고 싶어 한다. 할 만큼 했다는 말 대신, 그런 말을 이 먼저 입 밖으로 튀어나오는 것이다. 불현듯. 갑자기. 한 순간 그렇게 되었노라고.

자야만 한다며 강요받다시피 한 그 느긋한 오후의 낮잠이, 다시 풀어 보자며 계산을 부추기던 수학 선생님의 중얼거림이, 해 질 녘까지 놀다 들어간 우리집 식탁위의 따뜻한 쌀밥과 고등어 구이가, 알람을 맞추지 않아도 나를 등 떠밀듯 깨우던 어머니의 잔소리가. 이젠 있지도 않은 동화 속의 이야기 같은 것들이 전부 부럽고 그것을 당연한 듯 살아왔던 내가 원망스러울 때가 있다.

## 마음 구멍

내 마음엔 블랙홀 같은 구멍이 있다. 말 그대로 좋아했던 것이나, 슬펐던 것들 그리고 희열감에 몸서리치던 순간을 새까맣게 까먹게 만드는 감정의 블랙홀이랄까. 간혹 이상하거나, 쓸모없을 법한 순간들만 기억하고, 커다랬던 감정도 그 이야기도 까먹는 내가 초라하게 느껴질 때가 있다. 예를 들면 정말 미웠던 사람을 향한 감정은 없어지고, 그는 화날 때 펜을 딸깍거리는 습관이 있었다 정도의 기억만 남는다. 그거참 꼴불견이었는데 정도로 최소한의 잔재만 남는다. 이런 감정의 싱크홀 현상은 신기하게도 좋아하는 감정에서 더 자주 나타나곤 했다. 왜 좋아했지 싶을 정도로 감정은 푹 꺼지고 내가 좋아했던 그의 행동만 기억되는 것이다. 왜 그 행동을 했는지, 그 행동이 얼마큼이나 나에게 다가왔는지, 새까맣게 잊는다. 아마도 마음의 과로가 있나. 나는 내가 과거에 지배당하며 사는 것 같다가도 다 잊고, 또 다른 기억으로 충실히 옮겨 가는 것을 보면 감정의 노예가 되어 버린 것 같다는 생각을 한다. 가끔 사라진 감정들에 씁쓸한 마음마저 들기도 하는데, 이 씁쓸함도 머지않아 블랙홀 속으로 빨려 들어가 사라지리란 걸 안다.

애정하는 마음도 지나가면 사라질 것이라 생각하니 안타깝고. 우울한 마음도 곧 잊어버릴 거라 생각하니 후련하다. 복잡한 감정의 축에서 금방 벗어나게끔 진화한 걸까. 내 마음엔 구멍이 있다. 유독 지독한 기억에는 더 심한 빈도로 감정을 집어삼키는 깊은 구멍이.

네 우울을 알아

하지만 빠져 죽지 말아야지

헤엄치고 헤엄쳐서 지구를 벗어나야지

마음이 둥글지 않은 난

우울의 바다에 모서리가 있다고 생각한다

힘이 부치는 날엔 바닷물을 다 마셔 버리더라도

빠져 죽진 말자 우리,

누가 더 오래 참는지 대결할까?
우린 심연 깊이 내려갔다.
나 먼저 수면 위로 향할게.
근데 넌 어디까지 내려간 거야
원래 참아 왔던 사람처럼.

"어른이 될수록 어른이 멀어지는 거 같아."

"무슨 말이야?"

"시간은 흐르면 흐를수록 꿈이 잡히지 않아."

"…."

"나의 속도보다 무엇이 늘 앞서."

삶이

## 서른둘이 되어서야

이제 난 안다.

긍정적이거나 밝은 노래를 즐겨 듣는 사람이거나, 로코를 즐겨 보는 사람이거나, 밝은 옷을 입고 하하 호호하며 술자리를 즐긴다거나, 기념일 같은 날이면 많은 이들과 축하를 나눈다거나, 별안간 별일 아님에도 연락을 주고받으며 안부를 묻는 사람과는 맞지 않는다는 것을.

제법 우울한 노래를 틀어 놓고 방 안 가득 이산화탄소를 내뿜어대는 사람이거나, 비극과 불행에 가까운 흑백의 필름을 즐긴다거나, 쨍하지 않은 옷을 입고 사람 없는 곳만을 골라 다니는. 별일 아닌 것엔 점 하나도 전하지 않는, 무소식이 희소식인 그런 부류의 이들이 나와 어울린다는 것. 서른둘이 돼서야 우물처럼 마르지 않는 나의 우울을 목격했고, 불만보다 더 타오르는 불안을 감싸 안을 수 있었다.

엄마도 가르쳐 주지 않고, 교수님도 말해 주지 않았던.

내가 온전히 안식할 수 있는 나의 취향이라면 취향이라 말
할 수 있는 지독한 것들을.

삶이

아무리 울어 봐도

아무도 알아줄 수 없을 때

때때로 우울의 안식을 느끼기도 한다

## 삶의 불가항력

내가 아무리 노력해도 그럴 수 없음의 불가항력을 느낄 때 사람은 우울해진다. 아무리 손을 건네도 잡히지 않는 사람의 뒷모습을 바라보거나, 모든 재능을 다해도 취하지 못한 업에 시달렸거나, 최선의 다정으로 대해도 나를 폄하하는 집단 속에 있거나, 중간에서 갖은 발악을 하는데 자꾸 엇나가는 이상과 현실을 마주 보고 있을 때. 그런 순간의 불가항력은 곧 수포처럼 우울로서 마음에 피어난다.

그래서 나는 우울한 마음이나 불안한 마음을 달고 사는 이들을 응원하는 것이다. 외적으로든 내적으로든 무던히 노력하고 에너지를 쏟아 내 본 적 있는 사람들. 쏟아 내고 있는 사람들. 그러니 당신의 그 부정, 생이 꼭 부정적으로만 흘러가지 않음을, 애타게 나아가고 있음을 반증하는 감정일 것이다.

그 언제나 내 마음대로 되는 일이 없더라도, 내 노력만큼 되는 사람이기를 간절히 바라며. 지금 수포처럼 자리 잡은 그 우울이 나의 삶을 거뜬히 지지해 줄 마음의 근육이라 생각하길 바라며.

그러니 그 우울, 잘 살고 있는 것이다. 그 불안, 잘 되고 있는 것이다.

난 꿈에서도 고개를 숙이고 다녀

늘 죄송함이 가득하고 미련함이 넘쳐서

눈치를 보고 다녀

박멸하고 싶은 마음이 아주 많아

내가 나를 나쁜 사람으로 몰고 가는 거 같아

한때라고 말해 줘, 이런 자기 폄하 말이야

"뭐가 그렇게 우울했는데? 사랑?"

"사랑도 한몫했지…."

"난 예전엔 내가 하는 일 때문에 자주 우울했는데 이젠 사랑 때문에만 우울해. 그땐 일이 나의 삶의 목적이었고 지금은 사랑이 삶의 목적이거든. 늘 삶의 목적이 나의 우울을 가져와."

"그거 슬픈 말이네… 마음이 향한 것들은 나를 무너뜨리는 게 되는 거잖아."

"응. 삶이 먹구름이야."

## 마음의 허기

        누구에게나 채울 수 없는 결핍 같은 것들이 있다. 마음의 허기 정도랄까. 더 짧게는 공허함. 그러나 몇몇의 사람들은 그러한 마음의 허함을 가만두지 못해 바쁘게 보고 듣고 받고 돌아다니며 채우는 삶을 영위한다. 인터넷에 비치는 행복에 사로잡히거나, 관계를 뽐내는 것에 큰 의미를 둔다거나, 진솔한 가치가 없는 허황된 물품에 집착한다거나. 난 그런 공허할 틈 없이 가쁜 일상을 마냥 잘살고 있다고 생각하진 않는다. 언제나 우중충해서 무엇이 흐린지 모르고 사는 삶이라. 매일이 허해서 늘 쑤셔 넣어야지 직성이 풀리는 생이라.

    그러지 않고 묵묵히 받아들이는 당신을 응원한다. 그 공허함을 가만두는 삶, 잘 살고 있는 것이다. 그 초라함을 받아들이는 것, 잘 나아가고 있는 것이다. 굳이 무언가로 채워

넣지 않더라도 자신이 가진 결핍을 인정하고 다스릴 줄 아는 삶. 헛된 과로 속에 허덕이지 않고 자신의 공허를 받아들이며 이렇다 할 무리를 두지 않는 삶.

누구나 똑같이 허하다. 많이 움직이면 배가 고프듯, 많은 감정 소모에는 마음의 허기가 지기 마련이다. 그러나 배가 고프다고 녹슨 못이라도 씹어 먹을 생각이신가? 우리가 먹어야 할 마음은 그에 적당한 것이어야 한다. 주체 못 해 이것저것을 독인 줄 모르고 집어먹는 마음, 고장 나기 쉬운 길임을. 마음의 공백을 인정함은 외려 앞으로의 걸음을 아름답게 가꾸어 줄 것임을.

그러니 그 마음의 허기, 아주 적당한 봄비인 것이다.

"낭만적이게 살고 싶어."

"낭만…."

"왜, 현실이랑 반대되는 거, 자유롭게 사는 거. 하고 싶은 거 하며 사는 거. 멋있잖아."

"글쎄… 낭만 속에 사는 사람은, 그게 낭만인지도 모르지 않을까. 그게 그에겐 현실 아닐까."

"뭐가 문제야?"

"정아, 낭만과 현실을 구분 짓는 것 자체가 우리가 감당해야 할 현실이야."

## 좀 꺼내 줘 나 여기 있어

아 눈물이 다 마른 줄 알았는데, 아직도 수도 꼭지야. 어릴 때 별명이 수도꼭지였는데⋯. 몇 달 노래도 안 듣고 살았어. 노래 들으면 울 거 같아서. 근데 오늘 병원에 갔다 집에 오는 길에 너무 자연스럽게 노래를 들어 버렸지 뭐야. 버스에서부터 계속 차올랐던 눈물이 집에 도착하니까 터져 버렸어. 무너져 버린 댐처럼, 와르르 나의 세상이 다시 썩은 물로 가득 찼고, 남은 감정의 잔재들은 흙탕물처럼 더러웠어. 혼자 허우적거리는 중이야. 굳기 전에 나오려고 발버둥 치면서, 더 빠지는 중이고. 내 자존감을 채워 줄 사람이 필요한 거 같아서, 늘 옆에 사람을 두고 살아. 근데 그게 나를 무너뜨리는 주요인이 되어 버렸지 뭐야. 고무 동력기처럼 금방 추락하는 나의 목표들은 그저 노는 시간만 좇는 사람으로 만들어. 한평생 딱히 해낸 거 없이 우울만 해낸 탓에 뭐가 우울한지 잘 모르겠어. 반복이야. 기분 전환 하려고 꾸미고 나가 봐도 기분이 안 나아진다. 들어와선 썩은 통나무처럼 누워서 천장을 바라봐. 스트레스 해소해 주는 음악을 들어야 간신히 선잠을 자. 꿈은 자주 악몽이고 어둠이야. 매가리 없는 콩나물같이 썩어 버린 하루가 싫다. 아, 어디 깊은 숲속이라도 가서 게워 내면 괜찮아질까. 나 왜 이런 거야. 누가 날 좀 잡고 일으키면서 사랑한다고 다 괜찮다고 같이 걷자고 해 주었으면 좋겠다. 그게 또 나를 무너뜨릴 걸 알아. 근데 지금만이라도 숨 좀 쉬게. 누가 나 좀 꺼내 줘 나여기 있으니.

여기가 너의 어둠이구나

손잡아

거기서 꺼내 줄게

별일 없다고 말하기엔 좀 벅차지만

별일 없다 말하고 다녀

그나마 잘하는 거라서

삼켜 내는 거 말이야

한창인 봄날에 내리는 우울 같은
한겨울에야 쬘 수 있는 따뜻한 햇살 같은
늦잠을 자고 일어난 오후, 보내는 아침 인사 같은
새벽을 다 새고 나서야 보내는 굿나잇 인사 같은

당연히 뱉어 냈지만 꽤 적당하진 않아서
길게 생각하면 숨이 막힐 정도로
어색한 말들을 좋아한다

걸맞지 않게 다정하거나 아픈 말들

예로 아침이 밝았다거나
기억을 외운다거나
만나볼래요? 같은
좋아해도 될까요. 같은
아름다운 청춘. 같은

겨울　지나고 봄　　　오면　　　　　말할 수 있을까.

익숙한　　　선뜻　다른 계절　　　되어

가여운　겨울　　버티고　　　　가자.

꽃잎　　소원　　　이뤄 볼　테니.

길다　　쉬었다　　달도 실컷　어깨　기대

연인들처럼　　　　소원　되고　　　구원이 될 때

멀어지지 말자.　　서로를 꼭　급하지 않게

봄날이 되면　　　말하기로　　지나고,　오면.

보고싶은마음엔빈틈이없어서

천천하게 그러나 단단하게

"이건 비밀인데요."

쏟아 내는 순간 비밀이 없어지는 것처럼

사랑은 그랬다

## 말이 길었지, 좋아해


난 좁은 골목에서 등뒤로 차가 들어오는 시동 음이 들려 온다거나, 앞에서 라이트를 켜며 다가오는 것을 병적으로 싫어하는 사람이야. 길을 걷는데 앞에 사람이 다가오는 것도, 모퉁이를 들어서 마주치는 것도. 무언가 내 앞을 막거나, 함께 가는 게 싫어. 그럴 땐 마음이 불편해서 멀리서부터 피할 준비를 하고, 뒤처지거나 쫓기듯 빠르게 걸어. 정말 예민한 날엔 한숨이 나오기도 해. 세상에 혼자이길 간절히 바라며 다녀. 그림자같이 모든 걸 통과하고 다니면서 아무도 모르게 살았으면 좋겠다 상상해. 거추장스러운 것이 싫어서 반지를 끼지 않아. 목걸이랑 팔찌는 왜 하는 거야? 주렁주렁 매단 것들이 싫어. 돋보이는 게 싫은 사람이야. 밝은 옷은 입어 본 적 없고 늘 무채색이야. 어느 날은 네가 나에게 모든 색을 잃은 사람 같다며 피식했지. 그런 사람이야. 어둡고 음침해. 뭔가를 피하고 싶고 겹치기 싫어.

근데 얼마 전이었나, 이런 내가 너라면 괜찮다고 생각했어. 좁은 골목을 들어서서 네가 내 앞을 막고 있다면, 내 뒤에서 네가 따라와 준다면. 모퉁이를 들어서 너와 얼굴을 맞댄다면. 함께 좁은 거리를 발맞춰 걷는다면. 쫓기듯 빠르게 걷지도, 피하지 않아도 괜찮을 것 같아. 너라면, 그래서 둘이라면. 다채로운 네가 내 몸에 주렁주렁 매달려 있다면 버겁지 않겠다. 환한 옷을 입고 같이 꽃놀이를 가 볼까. 불편한 옷을 입고 예쁜 카페에 가서 사람들에 치인다면. 그 뭐든 다 괜찮지 않을까. 넌 그래. 한 번도 해 본 적 없는 상상이야. 한 번도 염원한 적 없고 기대한 적 없으나 내게 단 하나뿐인 취미가 되었지. 요즘은 그래. 이 모두 너라면 다 괜찮을 것 같아. 좋아해.

보고싶은마음엔

"저녁부터 부슬비가 내린대요. 우산은 챙기셨어요?"

이 말 한마디 보내려고 며칠 동안 일기 예보를 확인했는지.

## 보고 있어도 보고 싶어요

보고 있어도 보고 싶어서 대뜸 바라보며 "보고 싶어요." 말했던 사람이 있다. 그이는 멋쩍은 웃음을 감추지 못하며 말했다. "지금 보고 있잖아요." 그를 바라보던 고갤 돌리며 답했다. "보고 있어도 보고 싶어요." 그는 언제나 몰랐다. 내가 얼마큼 보고 싶은지. 알기 전부터 얼마큼이나 많은 시간 너를 보고 싶어 했는지. 그가 떠나고도 얼마큼 깊은 시간 그를 보고 싶어 했는지. 얼마큼 진심이었는지. 너무 진심이라서, 얼마나 애처럼 굴었는지. 왜 그렇게 발발거리고 안절부절못했는지. 알 턱이 없단 걸 알면서도 알아주길 바라는 내 서운함을 한동안 미치도록 혐오해야 했다. 보고 있어도 보고 싶어요. 주고받아도 주고받고 싶어요. 아파도 더 아프고 싶어요. 잊어도 더 잊고 싶어요. 그리워도 더 그립고 싶고요. 당신은 그런 사람입니다. 나의 마음보다 더 나의 마음 같은. 나의 세계보다 한 걸음 더 나아간 세계 같은.

보고싶은마음엔

"보고 싶어요."

"지금 보고 있잖아요."

"보고 있어도 보고 싶어요."

'보고 싶다'는 말, 종종 '보고싶다'고 적었어

보고싶은마음엔빈틈이없어서널보고싶은마음엔띄어쓰

기가없어서

## 미련한 맞물림

사실 만남은 좋아하는 마음 하나로 귀결된다. 다만, 어떤 걸 포기할 만큼, 이겨 낼 만큼, 용기 낼 만큼 좋아할 수 있느냐의 문제일 뿐이다. 그러니 우리가 "좋아하긴 하는데, 사랑은 하는데⋯" 따위의 문장을 주고받으며 살아가는 것이다. 난 그런 것들을 '감안한다'라고 표현하는데, 누군가에게 마음을 열어 볼 때 속으로 조곤조곤 '감안해 보자.' 이런 식으로 되뇐다. 그래, 아프겠지. 힘들겠지. 정신 팔려 있겠지. 근데 어떤 사람은, 꼭 그래도 후회되지 않을 것 같더라. 그리고 당연한 클리셰처럼 나의 삶을 감안할 때마다 상대는 나의 감안을 두려워하거나 부담스러워했다. 상대도 누군가에게 감안을 했고, 이어 상처를 받았으니 다신 감안하기가 두려운 거겠지. 그 이후로 나도 똑같이 감안하기가 두려워지는 아이러니한 일이 삶에 종종 발생하기도 한다. 근데 어쩌겠나. 그럼에도 나아가고 싶어지는 것이 사랑.

보고싶은마음엔

그런 미련한 나아감과 곧 미련한 나아감이 맞물리는 것, 그
것이 사랑인 것을.

바다에 서면

꼭 작아지는 것 같은 기분이

나를 다시 살린다

하늘을 보면

꼭 아무것도 아닌 존재가 된 초라함이

나를 우울 밖으로 구원해 준다

네 잎에 서는 것이

꼭 나에겐 그런 기분이다

넌 나보다 늘 앞서고 넓어

알아 중독이야

보고싶은마음엔

## 위태로운 만남

나를 늘 불안하게 만들었던 그이는 내가 서운함의 틈을 보이자마자, 나의 손을 놓아 버렸다. 사랑은 불안에 가깝지만, 내가 사랑해서 불안한 건지, 그이가 불안하게 만들어서 안절부절못하는 건지는 늘 경계하며 흔들려야 했다. 마음에게 물어보자. 마땅한 이유가 없음에도 불안하다면 그것은 내 사랑의 불안이고, 현실적으로 그가 제공한 불안이라면, 내가 조금만 틈을 보이면 나를 떠나갈 사람임이 분명하다.

아직 누군갈 못 잊은 것 같은 사람은 티가 난다. 그것마저 그의 다정함이라며 감싸 안는 순간 나는 쉬운 사람이 될 것이 뻔하다. 누군가를 잊기 위해 나를 이용하는 사람을 사랑하느니 나의 마음을 다른 곳에 쏟는 것이 내 마음의 상처를 덜어 내는 방법이다 연락이 중요하지 않다는 건 핑계일 뿐이다. 상대도 애타게 좋아했던 사람에겐 쩔쩔매며 연락을 기다렸을 것이다. 물론 관계의 지속 기간이 깊어졌음과 연락의 부재는 어느 정도 비례한다. 궁금한 것이 적어지고 서로의 일상이 어느 정도 파악되는 것에서 오는 편안함일 수 있다. 그러나 그렇게 가깝지 않은 관계에서 연락의 빈도는 꼭 마음의 빈도라는 것을, 기억할 것.

갑작스러운 약속이 자주 잡히는 것은, 그가 충동에 쉽게 휘둘리는 사람이라는 것을 입증하는 것이다. 갑작스러움은 곧 스며드는 것과는 반대 개념이다. 일상에 스며들지 못하는 관계는 사랑 이상으로 나아갈 수 없다.

갑과 을의 차이는 상대의 아픔을 얼마큼 생각하느냐에 있다. 갑은 을의 상처를 깊게 생각하지 않는다. 갑은 을의 아픔을 딱히 고려하지 않는다.

보고싶은마음엔

좋아했다면 연락하겠죠, 좋아했다면 헷갈리게 하지 않았겠죠. 좋아했다면 상처 주지 않았겠죠. 좋아하면 그런 거 절대 못 하죠. 좋아했다면 정말, 좋아했다면 말이에요. 거꾸로 물어봅시다. 당신은 좋아하는 사람한테 그럴 수 있어요?

## 이기적이다

'이기적이다'만큼 이기적인 문장이 없다. 두려운 마음에 사랑을 회피하는 것은 나의 마음에, 상대의 상처에 이기적인 것. 무턱대고 사랑에 뛰어드는 용기 또한 주고받고 싶은 나의 욕심에서 나오는 이기심. 상대를 이용하는 것도 받아들이는 것도 주고 싶은 것도 전부 각자의 충족을 위한 이기적인 마음들 아닐까.

모두가 이기적인 마음을 품고 산다. 남을 위한 선의 행동도 결국 나의 도덕심을 채우기 위한 이기적심이라, 사랑만큼 이기적인 것이 없고, 이기적임을 인정하는 것만큼 이기적인 문장이 없다.

상대를 애타게 위한다지만 고작 나를 위하는 때가 많이 있었고, 아주 사랑한다지만 결국 외로움을 충족하기 위한 이기심일 때가 많았다. 간절히 염원한다지만, 가지지 못한 것에 대한 나의 오기일 때가 많았다. 모두가 이기적인 자기

충족에서 나오는 마음이었다. 사랑이 이렇게 미약해도 되는

걸까 의심이 들 정도로.

미안, 이기적인 마음이야.

소나기가 내린다

"곧 그치겠다."

수는 창가에 앉아 알게 모르게 중얼거렸다

후두둑 쏟아지던 소나기가 그치고서야 선명히 들렸다

"더… 더. 그치지 말고…."


난 소나기만 내리면 수가 생각난다

그날 내린 건 소나기가 아니라

수의 우울이었다고 생각하니

그가 떠난 날이 이해된다

더 울어 달라고 했던 그날의 널 참 미워하고 살았는데

너 언젠가 사랑했던 이와의 추억들이

기억 안 난다고 말했지만

난 그게 너무 잘 기억한다는 말처럼 들렸어

기억이 너무 방대해서

작은 것들은 아무것도 아닌 것처럼

그 전체를 또렷이 기억하는 사람처럼

추상이야

그냥 네 표정이 그랬어

이호테우

"이호테우 해변은 방금 온 이들과 곧 떠날 이들이 들르는 해변이래."

때는 울음을 터뜨릴 것같이 흐린 어느 봄날이었다. 제주를 떠나는 나에게 비밀이라도 말해 주듯 연희가 속닥거렸다.

"왜?"

"공항이랑 가장 가까운 해변이거든. 아마 이호테우는 슬플 거야. 방금 온 것들과 이제 갈 것들을 자주 맞이하잖아. 네가 떠나도 계속 누군갈 맞이하고 보내겠지. 서울에 가도 나 잊지 말고 살아. 나도 이호테우처럼 무수한 방문과 떠나보냄 속에서 널 잊지 않고 살게."

"연희야, 유독 파도 소리가 우는 거 같아."

그날의 나는 말을 돌렸다.

하늘보다 흐린 바다가 있었고, 텁텁한 대화가 오간 날이었다.

모래사장에 적힌 그와 나의 이름처럼 곧 지워질 기억이라 생각했는데.

흐린 봄날만 되면 고질병이라도 앓듯 난 그 대화를 앓는다. 아니, 안는다.

언젠가 다시 만나게 되면

다신 서로 아프고 아쉽고 안타깝고 미안하고

그런 거 하지 말자

## 선화동에서

"이렇게 추우니 꽃 다 떨어지겠다." 때는 꽃놀이가 한창인 봄날의 저녁이었고, 하필이면 일교차가 큰 날이었다. 우린 벤치에 앉아 덜덜 떨며 기어코 꽃구경 온 많은 이들 중 한 쌍으로 앉아 있었다. 내 말에 잠시 침묵하던 선화는 한참이 지나 입을 열었다. "저 꽃은 따뜻해서 핀 게 아니야." 백옥 같은 목련을 별 세듯 한참을 올려다보며. "어디서 봤는데 꽃잎은 밤의 길이를 기억한대. 겨울이 지나 밤이 짧아지면 피어나는 거야. 긴 어둠을 버텨 냈기에 핀 거야 꽃은. 그러니 조금 춥다고 지지 않을 거야."

고갤 치켜세운 선화의 얇은 목과 쇄골에 있는 타투가 묘하게 나무 아래로 떨어진 목련을 연상시켰다. 달은 밝았고 날은 속 모르고 추웠던 밤. 그날 너의 모습과 말을 오래 미워하며 지냈는데. 외로운 긴긴밤 버텨 내며 애태운 나의 애

보고싶은며 을멘

정이 어떤 이유엔가 쌀쌀맞다며 너는 떨어져 버렸지. 선화 너는 내게 분명 꽃이었는데. 꽃은 조금 춥다고 지지 않을 거랬는데. 선화, 분명 네가 나에게 그랬는데. 영원할 봄처럼 사근사근 말해 줬었는데.

"꿈에 누군가 나오는 건 그이가 나를 생각하는 마음이 차고 넘쳐서 내 꿈에까지 쏟아진 거래요."
꿈에서만 마주칠 수 있는 너를 생각하며 아침이면 기분이 좋았다.

보고싶은마음엔

## 후회되는 것

　　가장 후회되는 건, 내 마음 몰라줄 사람에게 마음을 뭉텅이째 떼어 준 것이다. 아니, 알면서도 모른 척할 사람에게. 닿지도 않을 사람에게 벅찬 삶을 뒤로하고 손 뻗은 것. 어차피 자신의 힘든 것만 생각할 사람에게 힘들다고, 노력하고 있다고 투정 부린 것. 툭툭 건드는 호기심에 넘어가서, 다시 아파해 준 것. 말도 안 되는 중얼거림에 그렇다며 받아 주고 사과하면서 쩔쩔맨 것. 나에게만 다정하지 않을 사람에게 다정을 바란 것. 나를 뒤로하면서까지 쫓아간 그 끝에 아쉬운 사람이 아닌, 쉬운 사람으로만 남아 버렸다. 내가 좋아했던 그이는 이제 없는데도, 이미 좋아해 버려서 안 좋은 모습들까지 전부 사랑스럽다 스스로를 속인 것. 수갑 풀린 느낌처럼 나를 옥죄던 마음에서 해방되고 나니 알게 되었다. 닿지도 않을 누군가에게 오래 끌려다니다 보면, 만남의 방향을 잃을뿐더러 마음의 방향까지도 잃어버린다는 사실. 조금만 손을 뻗어도, 내 손 맞잡아 줄 많은 연을 뒤로하고 왜 너였을까. 쏟아 버린 감정과 시간 모두 후회되고, 무엇보다 내 아픔이 가장 아깝다. 그 아픔, 알아주고 안아 줄 사람에게 아파했어야 했는데.

누군가와 내가 인화된 사진을 북북 찢어 버린 적이 있다

저장된 사진을 삭제한 적이 있다

그건 사진을 찢은 것도, 삭제한 것도 아니다

그렇다 해서 추억을 찢은 것도

기억을 삭제한 것도 아니다

그와 행복했던 나를 찢어 버리고 없애 버리는 거였다

이별은 둘이 아닌 혼자만이 감당해야 하는 것이기에

언젠가 사랑하기 두려워서 나를 포기한다는 너의 손을 잡고 아무도 없는 외딴섬으로 도망치고 싶었다. 기쁘고 나면 슬퍼지는 걸 당연한 순서처럼 여기는 네게 새로운 만남의 수순을 알려 주고 싶었다. 네가 나에게 그랬듯, 꽝꽝 얼어 버린 마음에도 봄이 올 수 있다는 것을. 죽은 땅에도 제법 꽃을 피울 수 있다는 것을. 싹이 필 수도 있다는 것을. 우린 서로의 삶을 전전긍긍 기어 다니다 기어코 지금에서야 만났을까. 네가 한 말을 떠올리면 나의 세상이 무너진다. "왜 우린 지금 만났을까. 조금 더 일찍 아니면 늦게 만났으면 좋았을 텐데." 였지. 너에게 사랑받는 느낌은 무엇일까. 네가 집착하는 느낌은 무엇일까. 네가 서운해하는 것은 어떤 기분일까. 네가 그렇게 애타게 좋아했던 그 사람은 다 알고 있겠지. 걔가 좀 부럽다. 너 이젠 사랑하기 두려워서 사랑을 포기한다고 했지. 나랑 손잡고 노을을 바라보고 싶었지만, 곧 가야 한다고 말했지. 나는 너를 포기하기 두려워서 매일같이 사랑하는 사람이라는 것을 외면하면서까지도. 다 알면서 즐겁다는 듯 누군가에게 맞은 멍을 나에게 똑같이 주면서 좋아한다고 조금만 더 기다려 달라고. 그렇게 나의 마음에 꽃 한 송이를 꽂고 도망치기 바빴지. 어쩌면 사랑하는 것보다 비겁함이 더 익숙한 사람처럼.

언젠가의 겨울이었다

눈이 왔고, 날은 화창했다

아이처럼 들뜬 마음으로 눈이 온다는 소식을 전했다

그이는 겨울이면 오는 눈이 뭐 대수냐며 뜨뜻미지근한

반응으로 답했다

난 그게 내심 서운했다

눈이 오는 것은 매해 겨울 있는 일이지만

그와의 겨울은 처음이라서

난 그게 내심 서운했다

보고싶은마음엔

## 모두 사랑이니까 그랬던 것이지

나의 골골대는 불안도 네 입김 하나면 흩어 지는 민들레 홀씨처럼 붕 떠 있다 다시 노란 애틋함으로 피 어난다. 점이라도 친 듯 네 다정함 하나에 다시 잠잠해질 걸 알면서도 의심하게 되고 앓는 소리를 뱉어 낸 날들이 많았 지. 내 다 너를 사랑해서 그렇다. 이 불안도, 이 미열도 이 비루한 앓음까지도 말이다. 관심이 없으면, 물음이랄게 있겠 나. 물음이 없다면, 집요함이랄게 있겠나. 집요함이 없다면 다정함이랄게 있겠나. 다정함이 없다면, 사랑이랄게 있겠나. 다 너를 염원하는 나의 애틋함임을 알아주셨으면. 집어삼 킬 듯 어둔 굉음을 내는 밤바다 같은 마음을 알아주셨으면. 내 당신을 사랑하지 않는데, 이 글을 보고 당신을 떠올릴 수 있겠나. 쉽게 포기하고 돌아설 수 있으면 그게 아름다운 풍 경이라 할 수 있겠나. 우산처럼 쉽게 접고 젖을 수만 있다면 그게 사람의 마음이라 할 수 있겠나. 너의 노력을 알고도 에

같이 굶면서 칭얼거리는 마음이 아니었다면, 어찌 네가 나를 보살필 수나 있었겠나. 이 모두 사랑이니까 그런 것이지. 안 그런가. 이 마음, 조심스럽지만 또 급하게 뛰어와 달라는 주황등 같은 이기적인 깜박임 아니겠나.

보고싶은마음엔

미치도록 슬픈 게 네가 아니라

나여서 다행이라고 생각해

너는 버티지 못했을 거야

다행이야 네가 아니라 나여서

"그 애만 생각하면 입안에 사탕을 넣고 이리저리 굴리는 놀이가 떠올라. 그 앤 달콤하다며 나를 녹여 먹었지. 난 그 애의 혀 안에서 녹아내렸다 닳아 버렸다를 반복했어. 단물이 다 빠져서 계속 눈물만 흘렸던 날들. 단지 놀이라고 말하기엔 즐겁지만은 않았던."

## 금방 괜찮아질 거야

그는 솔직한 사람이었다. 서툰 진심은 있어
도, 서툰 거짓말이 없었다. 한창 만날 때야 그러한 그의 성
향을 잘 몰라서 매일같이 의심하고 말끝을 추격병처럼 쫓으
며 집착했지만, 관계가 끝에 달해서야 알게 되었다. 그는 아
주 솔직한 사람이었다고. 우리가 끝내야 하는 상황을 늘어
놓곤 "다 핑계야… 좋아하지 않아… 이해해 줄 수 있어?" 울
음 섞인 물음이자 진실 없는 진심을 건네었다. 그런 그가 나
에게 준 거짓이 하나 있었다. 그건 "금방 괜찮아질 거야."였
다. 금방 괜찮아질 거라고. 너는 나와 닮아 있으니, 꼭 금방
괜찮게 살 거라고. 지금은 너무 아파도 내 말을 믿고 사라져
달라고.

보고싶은마음엔

오늘따라 유난히 네가 보고 싶은 줄 알았는데
늘 보고 싶었던 마음이 유난히 입 밖으로
유성처럼 쏟아지는 날이었다

"보고싶다… 보고싶다… 한 번만 볼 수 있다면."

## 보고 싶어 미칠 거 같다


난 누군가 보고 싶어 미칠 것 같은 날엔, 나의 비참함과 비루함과 무너짐이 그를 더 높은 곳으로, 넓은 행복으로 데려다 줄 것을 믿고 맘껏 무너지는 편이다. 너무 밉다가도 이해가 안 되기도 하는 그 사랑스럽지만 닿을 수 없는 이의 삶이 내 덕에 조금 더 좋은 곳으로 향할 거라고. 아주 높은 곳으로 향하서, 내가 점처럼 작게 보이더라도 괜찮다. 내가 할 수 있는 게 이것뿐이니 해야 할 역할에 충실하겠다. 그리고 뒤돌아서도 후회 없게 떠나가겠다. 그쪽보다 더 잘 살지도 못 살지도 않겠다. 네가 잘 살면 나도 잘 사는 것처럼, 내가 잘 살면 너도 잘 사는 것처럼 우리 같은 크기로 잘 살아 낼 것이라. 네 행복이 내 행복이라도 되는 것처럼. 그렇게 내 몫을 안고 영영 떠나겠다. 쏟아 내 보고, 무너져 보고, 사랑에 미쳐 날뛰어 보고. 네가 사라지라면 영원히 소멸할 우주 먼지처럼.

넌 나를 가지고 놀았지만

사람 죽이고 와도 숨겨 줄 수 있는

미치도록 아껴 줄 사람을 잃은 것이고

난 그 놀음에 허덕였지만

고작 죽일 듯 아프게 하는 사람 하나 잃은 거뿐이야

.
.
.

뭐야, 둘 다 잃었네

무엇 하나 슬프지 않은 게 없잖아

## 봄날이 오면

　　이 겨울이 지나고 봄날이 오면 우리 사랑한다고 말할 수 있을까. 껴안고 살 수 있을까. 입맞춤이 일상이 될 수 있을까. 서로의 맨살에 손을 집어넣고 간질일 수 있을까. 서로의 애틋함이 될 수 있을까. 나는 밝고 간질거리는 것이 어울리지 않는 사람이지만, 꽝꽝 얼어 버린 마음을 안고 잠드는 것이 익숙한 사람이지만 너에게 선뜻 봄이 되어 줄게. 우리가 다른 계절에 살더라도, 내가 네 봄이 되어 줄게. 너 벚꽃 좋아한다고 말했지. 이 가여운 겨울을 좀만 더 버티고 우리 벚꽃 보러 가자. 약속할게. 봄이 오면 벚꽃 보러 가자. 떨어지는 꽃잎 잡으면 소원이 이루어진다는데, 난 네 손 잡고 그 소원 이뤄 볼 테니. 우리 벚꽃 보러 가자. 한참을 걷다 맛있는 간식거리 사서 벤치에 앉아 쉬었다 가자. 네가 좋아하는 달도 실컷 보자. 그러다 내 좁은 어깨에 기대도 좋다. 지나가는 보통의 연인들처럼 뻔하게 아름다워

보자. 그렇게 너는 나의 소원이 되고 나는 너의 구원이 될 때까지. 조금만 더 이어져 가자. 멀어지지 말자. 상처받은 마음을 가지고 서로를 꼭 껴안아 보자. 급하지 않게 그러나 너무 늦지도 않게. 봄날이 되면 꼭 사랑한다고 말하기로 하자. 겨울이 지나고, 봄날이 오면.

곧 봄이야,

마음에도 봄이 오면

꼭 벚꽃 보러 가자

그날처럼 손잡고

아무 말 없이 걷기나 하자

너를 사랑하며 들었던 노래들

이젠 아무렇지 않게 들을 수 있어

아파할 수 있는 계절이 턱없이 부족하다

마음에 비해 짧다

모든 시간이

## 어쩌면 사랑이 아니었다

밀어내는 누군갈 집요하게 쫓아가다 보면 생각보다 사람 감정이 쉽게 변질된다는 것을 느끼게 된다. 그를 정말 미치도록 좋아하는 것인 줄 알았건만, 갖지 못했다는 미련에 가까운 집착이 되기도 했다. 이게 정말 좋아하는 건지, 그냥 갖지 못해 떼쓰는 건지 싶은 순간. 그때, 나는 오기에 가까운 마음이었다는 걸 이해하게 되면서 서서히 놓지 못한 마음의 아귀힘이 풀리기도 했다. 늘 놓지 못해 전전긍긍 긴장되어 있던 힘줄이 다른 세상을 향해 이완한다. 더불어 그를 잡느라 놓쳐 왔던 나의 망가짐을 신경 쓸 수 있게 된다. 오래 볕을 쬔 과일에 벌레가 꼬이고, 상하는 것처럼 마음도 이와 같았다. 너무 오래 데워 버린 나의 마음은 듬성듬성 곰팡이가 피고 날파리 꼬이는 악취를 풍겼다. 이젠 안다. 그때의 그건 정말 사랑이 아니었다는 것을. 사랑의 형태를 가장한 다른 감정이었음이 분명하다는 것을.

보고싶은마음앤

도망치려고 뒤돌아섰지만

여전히 아른거리는 것들이 있어

아, 부질없어라

돌아서서 도망치는 게 아니라

앞을 보고 지나칠 줄 알아야 끝이라는 걸 알아 버렸네

거센 충돌만큼 완벽한 잊혀짐이 없다

## 애틋하고 애달플까

바다와 달을 좋아한다는 네가 바다를 보러 가자고 한 날 기억해? "이것도 여행이겠죠?" 들떠 있는 나에게 너는 멋쩍은 웃음을 지었지. "그럼요." 근교에 들러 조개 구이를 먹고 돌아와 공원에서 한참을 있었어. 그날 날이 밝기 직전까지 달을 바라보며 많은 이야기를 나누었지. 나는 물었어. "바다와 달을 좋아하는 이유가 뭐예요?" 너는 잠시의 고민도 없이 예쁘다고 했다. "예뻐서 좋아해요." 나도 좋아해. 네가 좋다고 한 걸 좋다고 말하면 네가 좋아하는 게 모두 빼앗길까, 말은 안 했지만. 나 정말 많이 바다와 달을 좋아해. 달이 있어서 파도가 치는 거고, 파도가 있어서 바다에 비친 달빛이 은하수처럼 반짝이잖아. 너는 예뻐서 좋다고 했지만 나는 그 둘이 필연적으로 엮인 거 같아서 좋아해 왔어. 왜 멀리 떨어져서 연결되고 묶여 있는 것들은 하나같이 애틋하고 애달플까.

달과 바다처럼. 삶과 죽음처럼. 애정과 증오처럼. 어쩌면
너와 나처럼.

난 달을 보며 어린아이처럼 좋아하던 널 보면서 참 모순적인 사람이라 생각했어. 변함없이 좋아해 주는 사람에겐 끌리지 않는다고 그랬지. 내가 졸졸 따라다녀서 싫증난다는 표정으로. 그럼 너 언젠가 달도 싫어하겠네? 넌 늘 곁에서 애타게 비춰 주고 있는 것들만 몰라줘. 난 이제 없어지겠지만 그렇게 살진 마. 병이야, 맘 놓고 사랑받을 줄 알아야지. 그래야 네 평생이 아름다울 수 있지.

보고싶은마음앤

## 많이 좋아했어

너랑 다시 볼 수 있다면, 꼭 껴안아 버릴까 잘 지냈냐고 담백하게 물을까 아무 말 없이 웃다가 울까 멍하게 바라보기만을 할까 손잡고 아무도 없는 곳까지 무작정 걸을까 수없이 생각할 정도로 많이 좋아했어. 네가 나를 아쉬워하며 연락하면 기다렸다면서 선뜻 다시 잠겨 죽을까, 너는 너무 아픈 사람이 되어 버렸다면서 있지도 않은 마음에 도망을 칠까, 왜 그때 그랬냐고 울음 아닌 물음을 쏟아 낼까, 내 생각은 많이 했어? 전하며 늘 거기에 있는 나무처럼 답할까, 아주 혼자 생각하고 천 번 넘게 무너질 정도로 좋아했어. 너 알아? 난 정말 미친 사람처럼 염원하다가도 마음을 바로잡으면 그걸로 끝인 사람이야. 너 너무 늦었어. 사실 이것도 고집이야. 너무 망가졌어. 이제 가야 할 것 같다. 안녕. 많이 좋아했어.

안녕이란 말을 생각하면 아니 너와의 안녕을 떠올리면
마지막이 될 기억인지 다시 만나자는 기약인지 가늠이 되
지 않아 때는 이른 3월이었나 너에게 안녕, 말했었지 넌
잘가라고 했고 많이 아팠냐며 나를 아프게했지
난 못들은 척했어 아니 못 본 척했어 내가 마지막을 뱉어
놓고 외면했어 너무 좋아해서 다신 보고 싶지 않지만 시
간이 낡은 뒤에 언젠가 또 닿아 보고 싶어서 안녕, 그때
뱉은 말에 마침표 대신 쉼표를 찍은 걸 보니

보고싶은마음엔

나 하필이면

죽도록 미워하는 거보다

묵묵히 사랑하는 게 편한 사람이야

비가 내리면, 네가 내리는 것 같아서
자주 걸음을 멈추었던 날들
네 이름 끝 자를 유독 좋아했던 너를 생각하며
비야, 네가 오고 있다고
우산을 살짝 부족하게 쓰고 다녔다
비, 잘 지내? 어깨너머의 안부였다

꿈에서 너와 바다를 갔어. 그 바다, 내가 가장 좋아하는 곳이기도 해. 난 꿈에 같은 장소가 자주 나오곤 하거든. 싸우는 꿈을 꿀 때, 바다에 가는 꿈을 꿀 때, 쫓기거나 하는 꿈을 꿀 때. 꿈의 주제마다 비슷한 장소들이 나오는 사람이야. 꿈에서 바다를 가는 때면, 늘 그곳이 나와. 이름은 몰라. 입구엔 한없이 걸을 수 있는 오솔길이 있고, 해변에 들어서면 동해를 보듯 푹 꺼지는 깊은 해변과 그 바다를 떠다니는 돛단배가 있어. 그 뒤론 중국에나 있을 법한 으리으리한 산봉우리들이 있어. 그 옆엔 생각보다 길고 얇은 부둣가가 있고 부둣가 옆엔 어울리지 않게 얕은 해변이 있어. 거긴 광어가 기어 다녀. 죽은 해초들이 둥둥 떠다니고, 광어들은 그 해초를 먹고 살아. 아, 그 위론 덩굴이 막 자라는 절벽이 있어. 비행기에서 보면, 그 섬이 좀 바나나처럼 생겼어. 아마 무의식의 조각이 모인 곳일 거야. 언센가 누군가에게 그곳을 설명해 줬는데, 평소 구체적으로 상상하기 때문에 구체적인 꿈을 꾸는 거 아닐까? 라는 말을 할 정도로 세밀히 그곳을 기억해. 뭘 했냐고? 그곳에 가서 우린 무작정 걸었지. 그리고 네게 작은 몽돌 하나 주워다 주었어. 너는 또 알다가도 모를 미소와 함께 다정한 말들을 내게 뱉었어. 그 짭조름한 미소로 나를 바라보았지. 꿈에서 깨자마자 무너질 줄 알았던 내 생각보다 한 걸음 더 빠르게 뭐랄까…. 안도감 같은 차분한 마음이 몰려왔어. 꿈과 현실의 괴리보다도 꿈에서의 네 다정함이 먼저 마음에 머물렀던가. 우리가 만약 여행한다면 이런 기분이겠지. 분명 내가 볼 수 있었던 네 모습일 거야. 그날 밤, 쓰지도 않는 일기장을 꺼내 몇 자 적었다. 제목은 '이별 여행'이야. 네게만 말해 주는 거니까, 이 꿈 어디다 팔고 다니지 마. 그 꿈, 우리의 이별 여행이야. 그 꿈 말이야. 이별 여행이었어. 나만 괜찮아지면, 둘의 이어짐은 영영 소멸되는 거니까. 이젠 다시 만날 일 없을 테니까. 찾을 일 없을 테니까. 그러니 그건 이별 여행이었어. 이젠 아프지 않아서 미안. 고작 이정도야. 행복한 여행이었어.

"네게도 언젠가 지금 내가 널 사랑하는 만큼 사랑하는 사람이 생기면 그때 나를 아쉬운 사람이었다 추억해 줘."

이야기의 끝을 대체로 그렇게 슬퍼하지 않는다. 물론 일말의 아쉬움조차 남아 있지 않아서, 별다른 감정 없이 마지막을 대하는 건 아니다. 숱한 감정의 뒤엉킴이 나를 괴롭히더라도, 무언가의 끝남은 곧 무던히 발걸음을 옮기게 해 줄 발돋움이었거나, 나의 성장을 이끌어 올 우물이었음을 믿는다.

난 무엇을 끊임없이 유예하고 연장하며 살아있을 때 보다, 깊은 구멍처럼 툭 꺼지는 감정을 맞닥뜨릴 때, 무너진 다리처럼 와르르 추락할 때, 그렇게 마지막이라는 슬픔과 아쉬운 감정의 구멍을 거듭해 오며 성장했음을 기억한다. "성장했음을 기억한다." 말하니 나는 꼭 그 마지막이 아름다웠다고 여기는 것 같지만, 그렇게 아름답지만은 않았으리. 그러나, 기필코 어떠한 이야기의 끝으로 나는 성장했음을 기억한다.

아마도 우린 그렇게 어른이 되어 간다. 그때는 아쉬웠거나, 유약했거나, 미약했거나, 나를 밑바닥으로 몰아세웠던 우울과 지침과 추락함으로 인해. 아니, 정확히는 그것을 기필코 이겨 내었을 나의 시간으로 인하여. 어른이 된다.

이야기의 끝이다.

이 책의 짧은 말과 문장이 이젠 끝났더라도 깊은 우울을 마주하고, 아픈 기억을 되돌아보며, 또 그러한 이야기의 마지막을 바라보며. 우린 지금부터 아마 성장으로 향하리라. 또 나아가는 것이라.

이 이야기의 끝으로 인하여.

## 잔잔하게 그러나 단단하게

1판 01쇄 발행  2023년 05월 18일
1판 10쇄 발행  2024년 10월 15일
1판 11쇄 발행  2025년 01월 08일

지 은 이  정영욱

편집총괄  정해나
편    집  박소정
디 자 인  차유진
발 행 인  정영욱

펴낸곳  (주)부크럼
전    화  070-5138-9971~3 (도서기획제작팀)
홈페이지  www.bookrum.co.kr
이메일  editor@bookrum.co.kr
인스타그램  @bookrum.official
블로그  blog.naver.com/s2mfairy
포스트  post.naver.com/s2mfairy

ⓒ 정영욱, 2023
ISBN 979-11-6214-444-2(03800)